2
T0T22.

10|18

12, avenue d'Italie — Paris XIIIe

L'ANGE
DE LA MORT

PAR

PAUL C. DOHERTY

Traduit de l'anglais
par Anne Bruneau
et Christiane Poussier

10|18

INÉDIT

« *Grands Détectives* »
dirigé par Jean-Claude Zylberstein

Titre original :
The Angel of Death

A mon cousin et collègue détective,
Dominic Jones

CHAPITRE PREMIER

« O jour de colère ! ô jour de deuil ! » De toutes parts, en cet an de grâce 1299, s'élevaient des lamentations angoissées. En cette fin d'année, si l'on en croyait la rumeur, un événement terrible marquerait le passage d'un siècle à l'autre. L'Antéchrist était né ; le début de la guerre, les mauvaises récoltes et les intempéries étaient autant de signes qui le proclamaient sur les sombres lisières du monde. Villes et villages avaient vu Satan et ses légions chanter leurs matines démoniaques dans la pénombre glacée des forêts humides. Le Malin rôdait, tous en étaient persuadés. L'heure de son triomphe était proche, surtout en Écosse où le roi Édouard d'Angleterre [1], à la tête d'une gigantesque armée de fantassins et de cavaliers, était venu mettre au pas ses sujets rebelles.

Si le diable était vraiment là, s'il hantait effectivement les ténèbres, il devait alors avoir placé son trône sur les noires collines boisées qui dominaient le camp anglais près de Berwick. Là, dans le pavillon royal, tout tendu de soie pourpre, Édouard d'Angleterre, assis sur un coffre, s'était emmitouflé dans une

---

1. Édouard Ier (1239-1307) régna de 1272 à 1307. *(N.d.T.)*

cape de laine brune. D'amers regrets l'assaillaient à la pensée du mal qu'il avait infligé ce jour-là. Il se versa soudain un plein hanap de bordeaux rouge sang et le sirota en écoutant d'une oreille distraite les bruits du campement : appels de gardes, faible hennissement des chevaux, craquement des fougères que foulaient des pieds chaussés de mailles. Il avait froid. Le vent de la mer du Nord, grise et cruelle, soufflait en rafales et le monarque était parcouru de frissons malgré tous ses efforts pour se réchauffer. Il aurait voulu tomber à genoux et confesser à son Créateur son acte abject, la faute de Caïn, le péché de colère, le meurtre. Et pourtant, il avait eu des intentions louables. Pendant vingt-quatre ans, il s'était efforcé de rétablir l'ordre dans ces îles, écrasant les Irlandais, assujettissant les Gallois et battant enfin les Écossais. N'était-il pas intervenu dans leurs querelles pour leur donner un roi, John Balliol[1], issu de leur propre noblesse ? Et voyez ce qui était arrivé ! Édouard eut envie de broyer le hanap. Balliol, conspirant avec ses ennemis, Philippe IV de France[2] et le roi de Norvège, avait rejoint le parti des rebelles. Édouard avait pris la tête de son immense armée en proférant de lourdes malédictions et franchi la frontière, mettant à sac le prieuré de Coldstream et tout ce qui se trouvait sur son chemin jusqu'à Berwick. Il détestait cette ville des marches orientales de l'Écosse, habitée par des bourgeois gras et prospères qui ne se souciaient que de leurs affaires et se glorifiaient du surnom de leur cité, l'Alexandrie de l'Occident.

---

1. John Balliol (?-1296), roi d'Écosse, se rebella contre Édouard Ier. *(N.d.T.)*
2. Philippe IV le Bel (1268-1314) régna de 1285 à 1314. *(N.d.T.)*

Ils avaient bien vu arriver la flotte d'Édouard par la mer en même temps que ses troupes innombrables d'Anglais, de Gallois et d'Irlandais, ses lignes d'archers, les rangs serrés de sa piétaille et sa cavalerie, étendards et oriflammes au vent. Et pourtant ils avaient refusé qu'il entrât dans la ville et réaffirmé leur fidélité à John Balliol, le roi rebelle. Édouard fit immédiatement donner l'assaut général, vociférant en apprenant que sa flotte avait été repoussée et que ses soldats mouraient par centaines dans les fossés, sous les remparts de la cité insoumise. Finalement son propre neveu fut blessé à mort, un énorme carreau d'arbalète frappant son visage sans protection et le transformant en un amas de chair hurlant et sanguinolent. Cela en avait été trop. Le roi Édouard monta sur son grand destrier Bayard et conduisit personnellement la charge pour franchir l'étroit fossé de Berwick et s'emparer de la porte principale. Devant une telle fureur, les Écossais cédèrent et une fois les Anglais maîtres des portes, le carnage commença. Enragé par la résistance des habitants, Édouard ordonna de ne pas faire de quartier et la journée fut consacrée au pillage : hommes, femmes et enfants furent massacrés par centaines, on combla les puits de cadavres et les corps jonchaient les rues comme feuilles par un jour venteux d'automne. Les églises mises à sac servirent d'écuries — les objets précieux du culte y avaient été volés et les draperies de soie arrachées. On n'épargna pas les enfants, qui furent poignardés, décapités et empalés sur des lances. Les vainqueurs violèrent des femmes par centaines avant de les égorger, puis la ville entière fut livrée au feu. Juché sur son grand destrier noir, Édouard parcourut les ruelles plongées dans la terreur en observant cette effroyable descente aux enfers. A la fin il vit un des soudards irlandais trancher la gorge d'une malheureuse qui le suppliait de lui faire grâce. Le monarque mit alors pied à terre en marmonnant :

— Oh non ! Je n'ai pas voulu cela !

À genoux, il tenta d'implorer la miséricorde divine, mais Dieu s'était détourné d'Édouard d'Angleterre. Le roi sut qu'il était inutile à présent d'ordonner l'arrêt des massacres, car il ne restait tout simplement plus personne à tuer.

Seul résistait un bâtiment, la Maison Rouge, propriété de marchands flamands à qui l'on avait donné ce comptoir à Berwick, sous l'unique condition qu'ils en assureraient la défense contre une attaque anglaise. Les Flamands prouvèrent leur loyauté : fenêtres et portes barricadées, ils tinrent l'armée anglaise en échec en luttant, pièce après pièce, et en se cachant même dans les caves pour surprendre les archers que les capitaines d'Édouard lançaient à leur poursuite. Cela fut une vraie boucherie. La maison méritait bien son nom, songea le souverain, car, après l'assaut, des mares de sang s'étaient formées au pied des murs et les corps qui pendaient, à moitié défenestrés, laissaient échapper des flots de sang par leurs plaies béantes. Épuisé, las d'une telle résistance, Édouard ordonna que l'on mît fin à l'attaque et que le bâtiment fût incendié et rasé. Il demeura sourd aux terribles hurlements des hommes qui mouraient brûlés vifs et, le regard impassible devant la Maison Rouge en flammes, il resta à cheval, vêtu de noir de pied en cap, le casque ceint d'un cercle d'or, indifférent aux cris des Flamands et à la puanteur des chairs carbonisées.

C'était fini à présent. Berwick n'était plus que cendres. John Balliol, le roi félon, avait déjà envoyé des messages au camp d'Édouard : il promettait de faire hommage au monarque anglais, de renoncer à ses droits à la Couronne et de quitter l'Écosse pour toujours. Édouard était satisfait. Son autorité avait été reconnue et les rebelles écrasés. La trahison, une fois de plus, avait eu le sort qu'elle méritait, mais Édouard savait qu'il n'en naîtrait rien de bon. Cette tuerie, ce carnage, tant de haine ne feraient qu'engendrer de nouveaux troubles et le roi était fatigué. Vingt-quatre années de règne, et victoires comme triomphes avaient déjà le goût amer de la bile ! Il avait vu enterrer ses jeunes enfants dans leurs petits cercueils à Westminster et St Paul. Il avait perdu Aliénor, son épouse adorée [1], et Robert Burnell, son fidèle chancelier ; tous s'en étaient allés au royaume des ombres, tous, sauf lui, Édouard, l'Oint du Seigneur, qui était resté ici-bas et tentait de mettre de l'ordre dans le chaos ambiant.

Le roi se rongea nerveusement les ongles. Et dans son dos, que se tramait-il ? Ses relations autrefois cordiales avec ses grands barons commençaient à s'envenimer ; ils renâclaient à présent devant ses impôts de guerre et ses longues campagnes, et, ne partageant pas sa vision politique, soulevaient des objections en un chœur grandissant de protestations. Édouard se servit une longue rasade et la fit tourner dans sa bouche avec l'espoir que cela calmerait sa rage de dents, due à un abcès.

— Tout va à vau-l'eau... murmura-t-il.

Son autorité, sa santé.

Allait-il passer le reste de sa vie dans des tentes glaciales devant des villes mises à sac ? Et serait-ce

---

1. Aliénor de Castille († 1290), épouse bien-aimée d'Édouard Ier, fille de Ferdinand III de Castille. *(N.d.T.)*

là sa récompense pour l'éternité? Siéger dans un coin gelé de l'enfer, incapable d'accomplir ce à quoi il aspirait de toutes ses forces? Il sentit la présence proche de Satan. Il se passa la langue sur les lèvres. Il repartirait vers le sud, relèverait Berwick de ses ruines et reconstruirait le prieuré de Coldstream; il ferait dire des messes dans toutes les églises, abbayes et cathédrales; il ferait pénitence. Il parlerait à Dieu. Le roi des Cieux, comme lui un souverain, le comprendrait certainement, n'est-ce pas? Édouard d'Angleterre resserra sa cape plus étroitement et écouta la bise rugir plus fort. Était-ce le vent ou l'hymne des légions de Satan campant autour de lui et guettant son âme? Le roi reposa son hanap et alla à son lit de camp. Il s'y étendit en priant pour que le sommeil vînt apaiser les souffrances de sa chair et calmer les angoisses de son âme, plus pesantes que le plomb.

Il aurait pu, quelques semaines plus tard, rencontrer, dans une pièce exiguë aux murs chaulés, à Londres, un homme qui comprenait parfaitement ce qu'étaient la haine amère au goût de plomb et la soif inextinguible de vengeance. Ce personnage, assis sur un petit tabouret, s'était enveloppé dans une robe de bure dont il avait rabattu le capuchon pour dissimuler ses traits. Il gardait les yeux rivés sur le modeste autel surmonté d'un crucifix qui, seul, se distinguait nettement à la lueur d'un unique cierge. Tout comme Édouard, il était transi, mais moins à cause de l'hiver ou du manque de feu que par le froid qui montait du plus profond de son être, par le ressentiment féroce qui s'emparait de lui dès qu'il ne dormait pas et habitait ses moindres pensées sans qu'il en laissât jamais rien paraître. Il exécrait le roi, d'une haine qui, depuis l'annonce des événements de Berwick, n'avait cessé de croître comme une plante rare et exotique, entourée de soins et nourrie à chaque heure de la journée. Il rêvait de vengeance. La Bible disait que la vengeance appartenait au Seigneur, mais cela ne le réconfortait nullement. Au début, il avait voulu l'exercer par souci de justice, mais à présent il savourait son aversion comme il l'aurait fait d'un bon cru ou d'un plat délectable.

Il s'agita en regardant le cercle de lumière. Édouard avait accompli de grandes choses en Écosse et le peuple, disait-on, l'avait finalement bien accepté, mais cela ne justifiait en rien l'horreur de Berwick. L'homme eut un sourire sans joie et ressentit à nouveau l'amertume dont se nourrissait sa soif de vengeance. « Oh ! Seigneur ! Comment Dieu avait-il pu permettre cela ? Comment ? » Il revit son frère cadet, son visage lisse encadré de cheveux blonds et le regard naïf de ses yeux couleur de bleuet. Ce frère qui avait eu tellement d'admiration et de confiance en lui ! Ce frère qui avait accepté, comme un enfant, l'assurance qu'être au service d'Édouard d'Angleterre lui apporterait richesse et avancement et qu'il n'existait pas de meilleur endroit pour les affaires et le commerce que la grande cité fortifiée de Berwick. Fort de ces certitudes, son cadet était parti, et avait péri avec les autres dans la terrible boucherie.

La nouvelle lui était parvenue lentement par des colporteurs, des rétameurs, quelques marchands. D'abord, il avait refusé de le croire : un souverain ne pouvait agir ainsi ! Édouard d'Angleterre, qui se voulait le grand sauveur de l'Occident, n'avait sûrement pas pu décréter que l'on passe au fil de l'épée toute une ville, hommes, femmes et enfants ! C'était des choses du passé, cela ! C'était contraire aux lois de la guerre, or Édouard d'Angleterre avait autant de respect pour la loi que pour le Saint-Sacrement ! Mais la vérité, quand elle lui parvint enfin, s'avéra mille fois pire. Oui ! Édouard avait bien ordonné le massacre de tous les citoyens de Berwick ! Les morts se comptaient par milliers, d'aucuns avançaient le nombre de dix mille, selon d'autres c'était deux fois plus. La cité avait été mise à sac et les habitants tués, sans distinction d'âge, de sexe ou de condition sociale. Même ceux qui avaient cherché refuge dans les églises avaient été abattus au pied des autels, les lieux saints étant profanés par de simples soldats anglais. Et son frère ? L'homme ferma les yeux pour dissimuler ses larmes. Matthew avait dû périr, la mort effaçant l'étonnement qui se lisait dans ses yeux vitreux. Et l'épouse de Matthew, ses jeunes enfants ? Combien étaient-ils ? Trois ou quatre. Il les avait vus, deux ans auparavant, lors d'un séjour de Matthew à Londres : leur père tout craché, avec leurs visages ronds d'angelots et leurs tignasses blondes. Ils avaient joué sur le parvis de la cathédrale, leurs rires aigus trahissant leur joie de vivre, cette vie qui s'était envolée à présent, soufflée comme la flamme vacillante d'une chandelle à cause de la colère du roi d'Angleterre.

L'homme regarda le crucifix, les lèvres retroussées comme celles d'un chien qui gronde. Il se rappela un verset de la Bible ; comment était-ce, déjà ?

— J'ai signé un pacte avec les morts, murmura-t-il, avec l'Enfer ! J'ai conclu un accord !

Comment pouvait-il regarder ce crucifix ? Si Dieu avait cessé de lui parler, lui cesserait de parler à Dieu ! Il s'approcha de l'autel et, saisissant la croix, il la tordit jusqu'à ce que la tête en albâtre du Christ pendît vers le sol. Il alla se rasseoir pour contempler le résultat de son geste sacrilège. Peu lui importait ! Se relevant à nouveau, il moucha la bougie et se retrouva dans le noir. Ce qu'il avait à échafauder se concevrait mieux dans l'obscurité, même si l'acte, certes, devait se dérouler publiquement, en pleine lumière. Il adjurerait les forces des ténèbres, il ferait appel à ses propres ressources, à sa ruse et à son pouvoir de dissimulation pour rejeter Édouard d'Angleterre dans les profondeurs de l'Enfer.

CHAPITRE II

— *Sanctus, sanctus, sanctus!* chanta le prêtre.

Les louanges à Dieu trois fois saint furent reprises par le chœur dont les voix amplifiées s'élevèrent dans la vaste nef de la cathédrale St Paul. Sous la voûte de bois et de pierre sculptée, Walter de Montfort, doyen de St Paul, entonna, en compagnie d'autres chanoines, l'incantation marquant le début de la partie capitale de cette grand-messe solennelle. Ses vêtements liturgiques, brodés d'or et ornés de pierres fines, éblouissaient le regard, par leurs teintes vives et leur éclat que rehaussaient les centaines de cierges allumés autour de l'imposant maître-autel. La nappe de celui-ci, en damas blanc, aux franges dorées et aux glands pourpres, était déjà souillée de cire vierge. D'épaisses volutes d'encens parfumé réchauffaient l'air glacial et parvenaient à masquer quelque peu l'odeur de la populace massée dans l'édifice. Sur la droite du chœur siégeait Édouard d'Angleterre en habits d'apparat, ses cheveux gris acier retenus par un cercle d'argent ciselé. Il avait pris un air dévot pour mieux observer, de sous ses lourdes paupières, son adversaire, le doyen qui célébrait une messe de réconciliation, ce même doyen qui allait certainement aborder, dans une interminable homélie, la question de la taxation de l'Église.

Le monarque était entouré des représentants de la puissance temporelle et spirituelle de l'Angleterre. A sa droite, Robert Winchelsea, archevêque de Cantorbéry et principal organisateur de la cérémonie, était un défenseur acharné du droit de l'Église à s'enrichir sans rien payer en contrepartie. Édouard n'aimait pas cet ecclésiastique, intrigant-né, qui dissimulait ses ambitions politiques derrière des citations bibliques, des subtilités du droit canon, voire des appels à Rome, si le reste échouait. Édouard aurait dû pouvoir compter sur ses grands barons, mais ces derniers ne lui inspiraient guère confiance : Bigod, comte de Norfolk, par exemple, un solide gaillard qui commandait son armée. Édouard avait eu du respect pour lui autrefois, mais à présent, en voyant ses traits bouffis et porcins, le roi le jugea homme à ne faire la guerre et combattre ses ennemis que si cela emplissait ses propres coffres. A ses côtés se profilait la maigre silhouette de belette de Bohun, comte de Hereford, doté d'une voix forte et d'une cervelle qu'Édouard estimait être de la taille d'un petit pois. Il ferait ce que ferait Norfolk.

Les seuls à qui se fiait le souverain se tenaient derrière lui : c'était eux, ces clercs et juristes avisés, qui l'aidaient à gouverner le pays. Leur chef, Hugh Corbett, haut magistrat à la Chancellerie et garde du Sceau privé, s'agitait nerveusement sur le tabouret fendillé qu'on lui avait donné pour assister à cet office qui traînait en longueur. Il se sentait un peu coupable. Il aimait la liturgie, mais pas ces manifestations pompeuses où le cérémonial et le décorum de l'Église éclipsaient le Christ et ses saints. Il étira ses jambes et jeta un coup d'œil à la ronde. Près de lui, Ranulf, son serviteur, se moucha sur sa manche et, pour la énième fois depuis le début de la messe, se racla la gorge. Corbett le foudroya du regard. Il savait que Ranulf souffrait d'une légère fièvre, mais le soupçonnait de prendre grand plaisir à le lui rappeler.

Puis, évitant la haute silhouette du roi assis devant lui, il porta son attention sur ce qui se passait dans le sanctuaire. L'autel était au centre d'un cercle de lumière ; prêtres, évêques, abbés, servants laïcs, serviteurs attachés à cette cathédrale merveilleuse, tous se concentraient sur la célébration de la grand-messe. Les louanges chantées par le chœur prirent fin, la voix fluette et haut perchée de Walter de Montfort entonna la longue et solennelle prière de la consécration. Corbett réprima son impatience. Il savait que cet office n'était qu'une façade et que le vrai débat politique commencerait après. Édouard d'Angleterre avait besoin d'argent, et voulait des fonds pour lutter contre Philippe de France et écraser la rébellion écossaise. Il avait accablé d'impôts paysans et marchands, vendu privilèges et propriétés pour remplir ses coffres et financer ses guerres. Maintenant, c'était le tour de l'Église.

En guise de soutien, Édouard avait rassemblé tous les membres de son parlement ou presque dans la cathédrale, et ils étaient là, masse d'hommes en sueur qui allaient suivre la messe, se réconcilier avec Dieu, communier et se donner le baiser de paix. Puis on en viendrait aux choses sérieuses. Corbett était mal à l'aise et avait de la peine à rester immobile. Assis sur son tabouret inconfortable, il serra plus étroitement sa cape autour de lui. Il faisait un froid de loup ; janvier 1299, songea-t-il, resterait dans les mémoires à cause des terribles tempêtes de neige qui avaient ravagé le pays. A l'extérieur de la cathédrale, il y avait deux ou trois pieds de neige balayée par une bise féroce qui s'infiltrait par les fentes des portails et sifflait dans la nef en faisant frissonner les fidèles et vaciller la flamme des cierges. Corbett s'en voulut d'avoir des pensées aussi terre à terre alors que la messe s'acheminait vers le moment crucial de la consécration, lorsque le célébrant prendrait le pain et le vin et les changerait en corps et sang du Christ en prononçant les paroles rituelles. Corbett se frappa doucement la poitrine en murmurant :

— *Miserere! Miserere!*

Ranulf renifla à nouveau, se moucha sur la manche de son surcot et jeta un regard en biais à Corbett en espérant que ce dernier remarquerait cette nouvelle insulte. Ranulf aimait bien son maître, mais ne l'aurait jamais avoué, saisissant au contraire la moindre occasion d'agacer, de troubler ou d'inquiéter cette nature sérieuse et plutôt austère.

A cet instant, pourtant, Corbett avait l'esprit ailleurs : il réfléchissait au problème majeur du roi, à savoir la banqueroute. Deux ans auparavant, le monarque avait dévalué la monnaie et commencé à augmenter les impôts, à chaque séance de parlement, avant d'envoyer ses collecteurs ratisser comtés et bourgs pour percevoir son dû. Ses besoins financiers étaient constants : il était en guerre avec la France pour essayer de sauver la Guyenne des griffes de Philippe IV. Il venait, en outre, de réprimer un grave soulèvement dans les Galles du Sud, sans compter que, l'année précédente, il avait mis à sac Berwick et soumis les rebelles écossais, Balliol entre autres. Et pourtant les troubles en Écosse ne cessaient pas. On avait appris en Angleterre l'existence d'un nouveau chef de guerre, un roturier nommé William Wallace qui attisait les braises de l'agitation en lançant des attaques rapides, la nuit, sur des garnisons isolées et sur des détachements de troupes, et qui ne manquait pas une occasion de combattre et de harceler l'occupant anglais.

L'argent étant le nerf de la guerre, Édouard avait emprunté auprès des banquiers italiens, les Frescobaldi, mais ces derniers refusaient de continuer leurs prêts. Il s'était donc tourné vers l'Église, grasse vache à lait qu'il rêvait de dépouiller d'une partie de ses richesses. Il avait pris à son compte la décime [1], levée autrefois par le précédent pape, Nicolas IV, qui avait nourri l'idée grandiose d'unir la chrétienté pour reprendre la lutte contre les Turcs. Édouard s'était avec enthousiasme rallié à ce projet de croisade, mais avait mis la main sur l'argent récolté. Il s'était ensuite tourné vers les prieurés étrangers, les maisons appartenant à des ordres religieux établis hors d'Angleterre, et avait saisi leurs revenus et bénéfices [2]. Corbett avait joué un rôle important dans la confiscation de ces biens ecclésiastiques en passant au crible mémoires, documents et chartes pour déterminer quels étaient les droits du souverain. En compagnie des barons de l'Échiquier et autres responsables du Trésor, il avait, à plusieurs reprises, étudié de longues listes de loyers, taxes et fermages dus à la Couronne. Mais cela avait donné de bien piètres résultats, insuffisants pour

1. La décime : taxe imposée au clergé et en principe réservée à la croisade ; la puissance séculière, fût-elle royale, n'avait pas le droit de l'exiger. *(N.d.T.)*

2. Bénéfice ecclésiastique : titre, dignité ecclésiastique, accompagné d'un revenu qui n'en pouvait être séparé. *(N.d.T.)*

financer la guerre. Le roi avait alors commencé à lorgner sur la richesse de l'Église d'Angleterre. Il s'était heurté à deux adversaires de poids : Boniface VIII à Avignon qui se montrait inflexible sur le devoir qu'avaient les églises de la chrétienté d'alimenter régulièrement les coffres de saint Pierre, et Robert Winchelsea, consacré archevêque quatre ans auparavant, qui avait des notions précises sur les droits de l'Église d'Angleterre et sur les siens propres.

Édouard avait sommé les archevêques de Cantorbéry et d'York de convoquer leur clergé afin d'évoquer la question de la taxation. Mais peu après le sac de Berwick, l'affaire s'était compliquée avec la promulgation par Boniface VIII de la bulle *Clericis Laicos*, derrière laquelle Winchelsea s'était retranché pour souligner que le roi ne pouvait pas imposer l'Église sans l'autorisation d'icelle. Le monarque avait dissimulé son violent courroux et s'était incliné, la rage au cœur. La situation s'était aggravée, pensa Corbett en observant les rangées de dignitaires devant lui, par la faute d'intrigants comme Bigod et Bohun qui voyaient d'un mauvais œil non seulement les impôts royaux, mais aussi les injonctions de leur souverain à l'accompagner combattre en France. Ces divers groupes hostiles feraient bientôt front commun et formeraient ce même genre d'opposition à laquelle s'étaient heurtés le père et le grand-père du roi Édouard[1] lorsqu'ils avaient voulu lever des impôts pour financer des guerres désastreuses.

A travers les vapeurs d'encens, Corbett apercevait

---

1. Henri III (1207-1272), père d'Édouard, régna de 1216 à 1272. Jean sans Terre (1167-1216), grand-père d'Édouard, régna de 1199 à 1216. *(N.d.T.)*

la haute silhouette émaciée du principal célébrant, Walter de Montfort. Monseigneur Winchelsea avait décidé que la requête de l'Église — à savoir sa mise à contribution avec son autorisation pleine et entière — serait présentée au souverain par le doyen de St Paul en personne. Le choix de l'archevêque était une subtile et mortelle insulte pour le roi, car le doyen était parent — éloigné, certes — de la puissante famille des Montfort qui s'était opposée à Édouard et à son père, le roi Henri, quarante ans auparavant. Simon de Montfort, comte de Leicester [1], l'un des grands barons de l'époque, avait pris la tête de la rébellion, s'était emparé du pouvoir et avait virtuellement dicté sa loi à Henri III, le monarque vaincu.

Édouard, le prince héritier, avait alors docilement accepté ces exigences jusqu'à ce qu'il eût rassemblé assez de troupes pour contre-attaquer. Il s'était ensuivi une guerre civile, atroce et sanglante, qui s'était achevée avec la mort de Montfort, taillé en pièces à la bataille d'Evesham. Ceux des Montfort qui avaient survécu à la chute du comte Simon avaient fui en exil, mais continué à mener dans l'ombre la lutte secrète contre Édouard en envoyant des hommes de main le tuer et en attaquant ses envoyés à l'étranger. Un jour, ils avaient même abattu un cousin du roi, alors que, en route vers Rome, il assistait à la messe. Bien sûr, Walter de Montfort n'était pas un traître, ni ne se voyait même soupçonné de trahison, mais c'était un orateur éloquent, au discours logique et enflammé. Édouard

---

1. Simon de Montfort (1208-1265) se rebella contre l'autorité royale et fut battu par le futur Édouard Ier à la bataille d'Evesham en 1265. Il était le fils de Simon de Montfort, chef de la croisade contre les albigeois. (N.d.T.)

se retrouvait donc, une nouvelle fois, face à un Montfort qui s'apprêtait à lui assener une homélie sur le devoir qu'avait la Couronne de limiter la taxation. Ce ne serait guère agréable. Corbett avait vu le roi entrer dans une colère noire en apprenant le nom du prédicateur choisi.

— Par Dieu ! avait-il bougonné. Me faudra-t-il écouter un Montfort me dicter où et quand je dois trouver des fonds ? Je n'oublierai pas l'insulte de Winchelsea. Je ne passe pas l'éponge aussi facilement sur de telles avanies !

Comme le prouvait la prise de Berwick, Édouard s'avérait fort vindicatif quand on lui tenait tête. Corbett, lui, devait beaucoup au roi. De simple clerc, il avait été promu haut magistrat à la Chancellerie, ce qui lui valait d'être grassement payé et de posséder deux belles maisons à Londres et un manoir entouré de bonnes terres et de pâturages près de Lewes, dans le Sussex. Pourtant, il se défiait toujours un peu de son suzerain, car depuis la mort de sa bien-aimée Aliénor, l'instabilité d'humeur d'Édouard s'était accentuée, pouvant brusquement changer comme le vent marin qui se mue soudain en tempête et détruit tout sur son passage. La fureur du roi était susceptible de se déchaîner à tout moment et de frapper impitoyablement ceux qui osaient le défier, fussent-ils de grands seigneurs.

Corbett se ressaisit brusquement. La prière de la consécration s'achevait, on allait échanger le baiser de paix, puis ce serait l'Eucharistie. Walter de Montfort, revêtu d'une somptueuse chasuble or et pourpre, descendit les marches de l'autel ; il s'approcha du roi et s'inclina, avant de poser légèrement ses mains sur les épaules du souverain et de lui donner le baiser de paix.

— *Pax Domini sit semper vobiscum!*

— *Et cum spiritu tuo*, chuchota le roi.

Puis Montfort, paré de toute son arrogance autant que de la splendeur de ses vêtements liturgiques, revint à l'autel et l'office se poursuivit.

Le chœur chanta l'*Agnus Dei* en mettant particulièrement l'accent sur « *miserere nobis* », les voix se perdant sous les voûtes élancées de la cathédrale. Corbett se sentit plus détendu, la musique lui apportait réconfort et apaisement. S'inquiéter ne servait à rien. Il entreprit son examen de conscience pour se préparer à recevoir la communion. L'officiant éleva la sainte hostie au tintement de la sonnette. Corbett jeta un coup d'œil à Ranulf pour s'assurer que celui-ci arborait l'expression de dévotion qui convenait. Il y eut une brève interruption lorsque les officiants, regroupés à présent autour de l'autel, se passèrent le ciboire, puis le calice. Corbett vit Montfort présenter ensuite la sainte hostie à l'assistance.

— *Ecce Agnus Dei, qui tollit peccata mundi...* (Voici l'Agneau de Dieu qui enlève les péchés du monde.)

Soudain Montfort se raidit, le ciboire lui échappa des mains et roula avec fracas sur les marches de l'autel, les blanches hosties se répandant comme flocons de neige. La main du doyen se tendit vers le roi et son visage habituellement émacié devint, avec sa peau tirée sur les os et ses yeux exorbités, franchement cadavérique. Corbett bondit, la main sur le poignard dissimulé sous sa cape. Montfort ouvrit et referma la bouche comme une carpe mourante, puis tomba de tout son long sur les marches, avec un grand cri, son crâne heurtant durement la pierre. Pendant quelques secondes, ce fut le silence absolu, puis la consternation. Des chevaliers de la Maison du roi s'élancèrent vers l'autel en se frayant brutalement un passage dans la foule et en scrutant la nef et ses parties hautes pour découvrir un éventuel assassin. Cris et ordres se succédaient. Corbett vit Sir Fulk Bassett se ruer dans le chœur : le jeune chevalier banneret [1], membre de la Maison d'Édouard, s'agenouilla près du corps rigide de Montfort mais, après un simple coup d'œil et un geste pour tâter la gorge du doyen, il se tourna vers le roi en s'écriant :

— Sire, je pense qu'il est mort !

Un jeune diacre se précipita vers Winchelsea, ses vêtements brodés d'or flottant autour de lui comme la robe d'une femme.

— Monseigneur, balbutia-t-il, le doyen est mort.

Winchelsea jeta un regard de côté vers le roi et souffla doucement :

— Que l'on emporte son corps et que la messe continue !

Le diacre, multipliant les courbettes, se hâta de disparaître.

Winchelsea s'adressa au monarque avec causticité :

— Apparemment, il n'y aura pas d'homélie, Sire !

— Et obtiendrai-je le droit de lever mes taxes, Monseigneur ?

— Pas avant que cette affaire ne soit tirée au clair, rétorqua Winchelsea qui ajouta en se penchant vers le monarque : Je dois vraiment insister auprès de vous, Sire, pour que vous respectiez les droits de l'Église,

---

1. Chevalier banneret : chef d'un contingent du ban. *(N.d.T.)*
Ban : ensemble des feudataires tenus envers le seigneur au service militaire. *(N.d.T.)*

acquis et protégés par Rome et scellés par le sang du martyr Thomas-a-Becket[1].

Édouard s'inclina, livide de rage.

— Quelquefois, Monseigneur, répliqua-t-il d'une voix grinçante mais posée, je ne suis pas loin de penser que le bienheureux saint Thomas n'a eu que ce qu'il méritait.

Winchelsea eut un mouvement de recul en entendant le blasphème et allait riposter lorsqu'une plainte stridente s'éleva de l'autre côté du chœur. Interloqué, Corbett, qui avait surpris la passe d'armes entre le roi et l'évêque, braqua les yeux sur l'endroit d'où provenait le son : un trou dans le mur d'où surgit soudain une main décharnée, squelettique.

— C'est le reclus, chuchota Ranulf. Il y a un reclus là-bas.

Et le hurlement de lamentations retentit derechef, suivi par une profonde voix sépulcrale.

— Et le Seigneur envoya l'Ange de la Mort contre les Égyptiens et il les frappa. L'Ange de la Mort, Messeigneurs, est ici, dans cette église ! La colère de Dieu ! C'est un meurtre, je vous le dis !

Les imprécations prophétiques, annonciatrices de malheur, firent taire le tumulte pendant quelques secondes, puis la main disparut. Le roi fit signe à Bassett, le jeune chevalier, de s'approcher.

— Sir Fulk, lui glissa-t-il tranquillement, faites évacuer le chœur et la cathédrale. Que l'on chasse la populace !

En effet, le chœur était à présent envahi par les

---

1. Becket : saint Thomas-a-Becket, archevêque de Cantorbéry, défenseur acharné des droits de l'Église, assassiné en 1170 sous le règne d'Henri II Plantagenêt. *(N.d.T.)*

gens du commun : *domicellae*, servantes du palais, chevaliers, pages et même hommes d'armes. Et d'autres encore se pressaient derrière eux : un jeune godelureau tenant son faucon au poing, des marchands, des ribaudes au regard effronté qui venaient des rues et tavernes situées derrière la cathédrale. Les femmes caquetaient, les hommes parlaient fort et les jeunes filles chuchotaient en riant de la confusion dans laquelle étaient plongés les Grands de ce monde.

— Je ne tolérerai pas que l'on me regarde comme une bête curieuse ! marmonna le roi.

De l'autre côté du chœur, frères lais et desservants déposaient le corps de Montfort sur une large pièce de cuir pour le transporter dans la sacristie. Le monarque se leva et appela Corbett d'un claquement de doigts :

— Suivez-moi ! Vous aussi, Surrey !

John de Warrene, comte de Surrey, le plus compétent et loyal des barons d'Édouard, se leva en soupirant. Le roi traversa le chœur en passant près de l'autel et en bousculant les servants et prêtres qui restaient là, bouche bée, encore abasourdis par la tragédie. Puis il repoussa la lourde tenture de velours bleu à l'entrée de la clôture du chœur en chêne sculpté, et pénétra dans la chapelle, Corbett et Surrey sur ses talons. Le comte, dont les cheveux blancs encadraient un visage rougeaud, caressait sa barbiche, l'air aussi anxieux et effrayé que Corbett, et à juste titre : tous les deux avaient surpris le dialogue bref, mais âpre, entre le monarque et l'archevêque, et ils savaient que la mort de Montfort n'allait pas jouer en faveur de la cause du roi ni de son projet de taxation de l'Église. Dans la chapelle vide, Édouard s'appuya contre le tombeau d'un évêque enterré depuis longtemps. Afin de se ressaisir, Corbett fouilla dans sa mémoire : quel était le nom de cet ecclésiastique ? Ah oui ! Erconwald ! un Saxon. Le roi, quant à lui, reprenait son souffle, debout contre le sarcophage de pierre blanche, son torse massif se soulevant profondément sous l'effet de la tension. Il jeta un regard noir à Corbett, son clerc principal, l'un des rares individus en qui il avait vraiment confiance.

— Je déteste cette église ! lança-t-il d'une voix rauque en désignant du regard la voûte élancée.

Par-dessus l'épaule du roi, Corbett contempla la grande rosace qui s'illuminait des couleurs de l'arc-en-ciel à présent qu'un pâle soleil filtrait entre les nuages chargés de neige.

— Je déteste cette église, répéta le monarque à voix basse. C'est ici que s'étaient rassemblés les Londoniens pour apporter leur soutien à Simon de Montfort. Les fantômes d'Evesham hanteraient-ils ces lieux ?

Corbett sentit toute l'ampleur de la colère du roi qui préférait s'en prendre à l'édifice plutôt qu'aux gens qu'il représentait. Édouard, en effet, éprouvait une haine bien spécifique contre la cathédrale, non seulement à cause de Montfort, mais parce qu'elle était symbole de désordre dans la capitale. Le grand bourdon de St Paul était toujours prêt à sonner pour appeler la populace aux armes, ou pour la rameuter sur la grand-place autour de St Paul's Cross afin d'écouter le moindre prédicateur ou agitateur vitupérer la cour ou les impôts. St Paul était également lieu d'asile ; c'est là que se réfugiaient les hors-la-loi des deux rives de la Tamise pour échapper aux shérifs et autres représentants de la Couronne. Édouard avait fait de son mieux pour mettre un terme aux abus, en érigeant un immense mur d'enceinte autour de la cathédrale, mais il n'en demeurait pas moins que St Paul tenait plus de la place de marché que du lieu de prière. Les hommes de loi y donnaient rendez-vous à leurs pratiques, les serviteurs y venaient se louer et les marchands y conclure leurs affaires. On pouvait acheter tout ce qu'on voulait, pratiquement, dans cette maison de Dieu.

Surrey, caressant toujours sa barbe, décida qu'il en avait assez des sautes d'humeur du souverain.

— Sire, sommes-nous ici pour discuter des défauts et des inconvénients de cette cathédrale ou pour parler des conséquences de la mort de Montfort ? dit-il en désignant la clôture du chœur derrière laquelle croissait le brouhaha.

Le roi le foudroya du regard et faillit lui lancer une réplique mordante, mais il se souvint qu'il s'était déjà fait assez d'ennemis. Il s'adressa donc à Corbett :

— Hugh, allez vérifier si Montfort est vraiment mort.

Puis il cria :

— Bassett !

En se retournant, Corbett vit le jeune chevalier qui montait la garde à l'entrée, et, traînant juste derrière lui, Ranulf qui, bouche bée devant la colère du roi, se demandait si tout cela allait avoir des conséquences fâcheuses sur l'avenir de son maître et donc sur le sien. Ranulf était au service de Corbett depuis trop longtemps pour se laisser impressionner par la majesté royale, mais il connaissait l'humeur changeante du monarque et savait que si Corbett n'avait plus la faveur d'Édouard, il retournerait, lui, au ruisseau d'où il était sorti. En vertu de quoi il veillait au bonheur de son maître avec une ferveur quasi religieuse et ne laissait à personne le privilège de le tourmenter, estimant que cette prérogative lui revenait de droit.

— Bassett, répéta le roi, accompagnez Corbett ! Et Hugh, poursuivit-il en désignant Ranulf qui rôdait toujours dans les parages, emmenez votre chien de garde ! Il ne devrait pas être là !

Corbett et Bassett le saluèrent, puis repoussèrent la tenture et replongèrent dans le tumulte. Les hommes de la garde royale s'activaient à rétablir un semblant d'ordre. Ils avaient formé, autour du chœur, un cercle d'acier tandis que dans la nef, hérauts et officiers de la Maison du roi ordonnaient à la populace d'évacuer la cathédrale. Malgré le vacarme et les clameurs, Corbett entendit jaillir des menaces et des invectives. Le menu peuple considérait la nef comme lui appartenant de droit et exprimait son mécontentement d'en être chassé et d'être privé ainsi d'un spectacle passionnant. Pire, la rumeur de la mort de Montfort et des vociférations prophétiques du reclus s'était répandue, Dieu sait comment, et les gens murmuraient déjà que cette disparition était la condamnation divine du souverain.

CHAPITRE III

Suivi par Bassett et Ranulf, Corbett traversa le chœur où revenait le calme et entra dans la sacristie, vaste pièce aux lambris de chêne dont le centre s'ornait d'une énorme table et les murs de niches destinées à ranger les objets liturgiques. On avait allumé des torches et roulé des braseros pour lutter contre le froid mordant. Les principaux officiants et servants de l'office étaient toujours là.

Corbett parcourut la salle du regard : soldats, invités et chanoines de la cathédrale s'y pressaient en veillant, toutefois, à ne pas s'approcher de la grande table que l'on avait débarrassée pour y allonger la dépouille de Montfort, reposant sur la pièce de cuir. Un jeune prêtre, l'étole au cou, oignait les yeux, la bouche et les mains du défunt. Corbett chercha à qui s'adresser ; il aperçut finalement la silhouette d'un des principaux célébrants, un homme plutôt jeune, petit et grassouillet, à l'épaisse tignasse rousse, qui portait encore sa chasuble rouge et or. Corbett s'approcha de lui pour se présenter. Le prêtre se retourna et le clerc fut immédiatement frappé par la finesse et la douceur angélique de ses traits. Certains ecclésiastiques ressemblaient vraiment à l'idée que l'on se fait de religieux, d'autres non. Celui-ci était homme de Dieu jusqu'au bout des ongles : il avait le teint mat et lisse, des yeux bleus profondément enfoncés dans un visage rond et plein. Il sourit à Corbett :

— Ainsi, c'est vous que notre souverain envoie.

— Oui, je dois en savoir plus sur Monseigneur de Montfort.

— Montfort s'en est allé comparaître devant un autre tribunal, dit l'homme d'Église en désignant le cadavre.

— Que fait ce jeune prêtre ? demanda Corbett.

— Il lui donne l'extrême-onction.

— Je croyais qu'elle ne s'administrait qu'aux agonisants, pas aux morts !

Son interlocuteur haussa les épaules :

— Vous avez sûrement quelques notions de théologie, Messire. Thomas d'Aquin et Bonaventure avancent que l'âme peut ne quitter le corps que bien des heures après que le cœur s'est arrêté de battre. En ce qui concerne Montfort, espérons que c'est le cas afin que son âme soit lavée de tout péché.

Corbett allait s'approcher de la dépouille lorsque l'autre le retint doucement.

— Laissez-le finir ; vous aurez tout le temps de l'examiner.

— Et puis-je savoir qui vous êtes ?

— Sir Philip Plumpton, chanoine de St Paul.

Le jeune prêtre, qui devait être un des célébrants de cette messe fatale, avait administré l'extrême-onction et entonnait à présent la prière des morts :

— *De profundis clamavi ad te.*

Puis, tête baissée, ce qui dévoilait nettement sa tonsure, il commença l'invocation finale : il supplia les archanges saint Michel et saint Gabriel d'accepter le défunt parmi l'armée céleste, il invita l'âme à s'envoler du corps et pria pour qu'elle ne tombât pas aux griffes du Malin, de l'Ange de Perdition.

Un frisson parcourut Corbett. Il était dans le temple de Dieu, entouré de prêtres, et pourtant il ressentait une impression de malveillance, de rancœur profonde. Il se doutait déjà que le décès de Montfort n'était pas dû à un accident et il se souvint bizarrement des rumeurs qui couraient sur St Paul : c'était souvent un foyer d'iniquités, où nombre de chanoines ne respectaient ni leurs vœux ni la règle de leur ordre. D'aucuns en donnaient pour raison le fait que la cathédrale avait été érigée sur le site d'un temple romain voué à Diane chasseresse et lieu de sacrifices. Corbett frémit à nouveau. Le mal s'accompagnait toujours du chaos et le chaos exigeait le rétablissement de l'ordre. Si la mort de Montfort n'était pas accidentelle, le roi lui confierait certainement l'enquête.

L'idée d'une telle mission ne lui plaisait guère. Il avait été témoin de la colère du monarque et pensait qu'elle n'était, en grande partie, que comédie. Édouard serait-il pour quelque chose dans cet assassinat ? Le clerc ne se faisait guère d'illusions sur son seigneur et maître. Le roi était un pragmatique et la fin justifie toujours les moyens. Dans les universités d'Europe, certains théoriciens politiques soutenaient que le monarque est au-dessus des lois, voire que sa volonté même est la loi. Cette mort en serait-elle l'illustration ? L'homme qui gisait là était issu d'une famille détestée par Édouard et préparait une homélie dénonçant l'imposition décrétée par le roi. Le souverain aurait-il manigancé ce meurtre ? Était-ce pour cette raison qu'il n'était pas entré dans la sacristie ? Parce qu'il croyait que les victimes saignent en présence de leur assassin ?

Corbett repoussa doucement la main que Plumpton avait posée sur son poignet et se dirigea vers la table au moment où le jeune prêtre, le visage blême et creusé par l'effroi, se relevait et s'éloignait silencieusement. On avait recouvert d'un voile de gaze la face du défunt, encore revêtu de ses habits liturgiques. Corbett ôta le voile, bien conscient de ce qu'autour de lui les gens, curieux de voir ce qu'il allait faire, se taisaient peu à peu. Le visage ingrat de Montfort était devenu un masque tragique, presque grotesque. Les muscles de la face étaient encore rigides et les yeux entrouverts. Corbett vit deux pièces de monnaie de chaque côté de la tête, le jeune prêtre ayant essayé de fermer les yeux du disparu. Ce dernier, narines dilatées et lèvres retroussées sur un rictus, semblait fixer Corbett d'un regard haineux. Le clerc, qui avait quelques rudiments de médecine, se pencha pour renifler les lèvres du cadavre. Il détecta des relents d'ail, de vin et de quelque chose d'autre, une odeur douce-amère. Surmontant son dégoût, il introduisit deux doigts dans la bouche du mort et, malgré les murmures d'indignation de l'assistance, força délicatement les mâchoires pour examiner la cavité buccale. Comme il s'y attendait, les gencives autour des dents pourries étaient noirâtres et la langue gonflée, ce qui expliquait que la bouche fût restée entrouverte. Il comprit instantanément ce qui s'était passé. Montfort ne s'était pas écroulé subitement par suite d'un arrêt brusque du cœur ou d'un afflux de sang soudain au cerveau. Non, il avait été empoisonné.

Corbett replaça le voile et salua Plumpton avant de

sortir et de retrouver Bassett et Ranulf qui l'attendaient.

— Alors ? s'enquit Bassett.

Corbett se contenta de lui jeter un bref coup d'œil et revint dans le chœur.

Ranulf se moucha bruyamment sur la manche de son surcot en se régalant à l'avance de la suite des événements : du vilain se préparait et son maître et lui allaient avoir du pain sur la planche. Ils seraient convoqués par leur puissant souverain et chargés d'une mission secrète. Si tel était vraiment le cas, et puisque jusqu'ici son maître n'avait jamais déçu le roi, cela signifiait davantage d'argent et de richesses ainsi qu'une position sociale plus élevée ; sans compter une gloire qui rejaillirait sur Ranulf. Il se ne tenait plus d'orgueil. La populace de Londres avait été évacuée de la nef, mais lui, Ranulf-atte-Newgate, l'ancien larron condamné autrefois à se balancer au gibet des Elms [1], avait pu rester là. Corbett lui avait obtenu un pardon officiel et depuis lors, grâce à la discrétion, la subtilité et la perspicacité de son maître, la prospérité de Ranulf n'avait cessé de croître. Corbett se montrait généreux malgré son caractère taciturne et réservé, et Ranulf avait commencé à mettre de côté un joli petit pactole chez un orfèvre près de Poultry. Non point qu'il s'inquiétât outre mesure de l'avenir. Il prenait les jours comme ils venaient, ses deux buts dans l'existence étant de veiller sur Corbett et de profiter le plus possible de la vie.

Ses relations avec son maître n'étaient pas faciles, car ce dernier était d'un tempérament morose et

---

1. Voir *Satan à St-Mary-le-Bow*, coll. 10/18, n° 2776. *(N.d.T.)*

renfermé. Il restait parfois attablé des heures dans un coin de taverne, sirotant du vin ou de la bière, perdu dans ses pensées, et quand Ranulf essayait de l'en tirer, il ne recevait de Corbett que des regards furieux. Le seul endroit où celui-ci semblait prendre goût à la vie, c'était aux Archives, parmi les rouleaux de parchemin, le vélin, la cire à cacheter, les encriers et les plumes. Il paraissait en tirer autant de plaisir que Ranulf à poursuivre de ses assiduités les épouses et filles de divers marchands londoniens. Bien sûr, il y avait toujours la musique. Dans leur maison de Bread Street, Corbett passait maintes soirées à jouer doucement de la flûte pour lui-même et à inventer de nouvelles mélodies. Et puis sa mélancolie avait une autre raison d'être : Maeve, la Galloise, sa fiancée, une damoiselle bien gentille, d'après Ranulf, qui redoutait pourtant ses façons énergiques et le regard de ses yeux d'un bleu limpide. En fait, c'était la seule femme qui eût jamais intimidé Ranulf et il n'était pas loin de penser qu'elle effrayait même Corbett. Elle avait déclaré son amour au clerc, mais refusait, jusqu'ici, de décider de la date du mariage, arguant du fait que la situation au pays de Galles ne s'était pas encore stabilisée, par suite de l'échec de la révolte à laquelle son oncle, un fourbe corpulent, s'était trouvé étroitement mêlé[1]. Oui, cette Galloise leur compliquait la vie. Ranulf lança un regard courroucé à son maître qui s'éloignait, et aussi fort que possible il se remoucha sur la manche de son surcot. Bassett grimaça tandis que Corbett s'arrêtait net et décochait un coup d'œil furibond à son serviteur.

1. Voir *Un espion à la chancellerie*, coll. 10/18, n° 2820. *(N.d.T.)*

— Cette fois, lui ordonna-t-il sèchement, reste dehors !

Ranulf obtempéra en souriant pendant que le clerc, suivi de Bassett, repoussait la tenture du chœur et rejoignait le roi. Édouard était affalé au pied du sarcophage de saint Erconwald d'une manière fort peu majestueuse. Appuyé au mur, Surrey se curait les dents, les yeux rivés sur la rosace d'où se déversaient des flots de lumière comme s'il la voyait pour la première fois. Corbett comprit que son souverain était d'une humeur de chien en voyant ses yeux mi-clos et son long visage ridé revêtir la sombre expression de qui affronte un problème personnel. Le roi leva les yeux à l'entrée de Corbett.

— Eh bien ?

Le clerc eut un geste d'impuissance :

— C'est bien ce que je craignais, Sire. Un assassinat.

— Comment le savez-vous ? fit Surrey en se redressant tout d'un coup. Êtes-vous médecin ?

Corbett soupira. Il avait toujours redouté l'hostilité des grands barons, ces seigneurs à qui la puissance avait été conférée de naissance et qui voyaient d'un mauvais œil tous ceux dont le pouvoir était octroyé par le roi. Corbett servait loyalement la Couronne. Il avait certes étudié avec acharnement dans les collèges d'Oxford, travaillé de longues heures, transi de froid, dans des scriptoriums et des bibliothèques exiguës, mais il ne devait sa position élevée qu'à la seule faveur du roi, et cela était toujours sujet d'acrimonie pour des seigneurs comme Surrey. Corbett n'avait jamais encore rencontré de noble qui l'acceptât pour ce qu'il était, un magistrat compétent, un serviteur du roi, digne de confiance.

Cela dit, il savait comment survivre aux intrigues de cour.

Il s'inclina devant Surrey :

— Monseigneur a raison! concéda-t-il avec un sourire mielleux, tout en se le reprochant. Je ne suis pas médecin, mais j'ai quelques notions en matière de poisons.

— Alors vous êtes un homme exceptionnel, l'interrompit Surrey.

Corbett sentit une bouffée de colère l'envahir et il se mordilla la lèvre. Surrey insinuerait-il qu'il avait trempé dans le meurtre du doyen? Il coula un regard en biais au roi qui s'était levé et époussetait son habit.

— Monseigneur, reprit lentement Corbett, il se trouve que par suite de certaines circonstances, divers domaines de la médecine ne me sont pas inconnus. Par ailleurs, chacun sait qu'un mort dont la face est encore rigide, la langue enflée et la bouche aussi noirâtre que les portes de l'Enfer a certainement été victime d'un empoisonnement. Ce que nous devons découvrir, poursuivit-il en regardant le roi droit dans les yeux, c'est qui l'a empoisonné, où et comment!

Il entendit alors Bassett réprimer une exclamation et étouffer un juron, et il aurait vivement souhaité se retourner et l'observer, mais il continua à fixer le roi en se demandant quelles raisons avait Bassett d'être si inquiet. En quoi cela le concernait-il? Mais les réponses devaient attendre. Corbett se doutait de ce qui allait advenir : le roi lui ordonnerait de découvrir les motifs derrière cet assassinat et de ne pas prendre de répit tant qu'il n'aurait pas dévoilé la vérité ou rassemblé assez de renseignements pour donner l'impression qu'il la connaissait.

— Sire, répéta Corbett avec insistance, nous devons absolument faire la lumière sur ce crime. Montfort venait d'une famille que vous haïssez, c'est de notoriété publique. Il était également proche de Monseigneur l'archevêque de Cantorbéry et avait l'intention, après la messe, de prononcer une homélie dénonçant votre projet d'assujettir l'Église à l'impôt.

Corbett s'interrompit pour s'humecter les lèvres ; Édouard s'était ressaisi et semblait, par un pur effort de volonté, être revenu du bord du gouffre noir où menaçait de l'entraîner sa colère.

— Les gens vont vous accuser de la mort de Montfort, reprit Corbett.

Le roi lui tourna le dos, s'appuyant sur le sarcophage, bras tendus et tête baissée, sous la grande rosace, comme plongé dans ses prières. Puis il fit face à Corbett, l'air épuisé.

— Oui, ce que vous dites est vrai, reconnut-il posément. On va me mettre le crime sur le dos comme pour la mort d'autres membres de sa maudite famille. Comment pourrais-je jamais exiger des impôts d'un clergé qui va se soulever comme un seul homme et réclamer justice pour le meurtre de Montfort ?

Il plissa les yeux dans la pénombre.

— Mais comment cela a-t-il pu se passer, Hugh ?

— Deux solutions, répondit immédiatement Corbett, presque sans réfléchir. Soit il a ingurgité le poison avant le début de l'office, soit...

— Soit ? le pressa impatiemment le roi.

— Soit c'est le calice qui a été empoisonné, continua calmement Corbett.

Le monarque blêmit à l'idée de ce sacrilège.

— Vous voulez dire, s'interposa Surrey, que le

vin consacré, le sang du Christ, aurait été empoisonné ? Par un célébrant, alors !

Le comte traversa la pièce et fixa durement le clerc.

— Vous vous rendez compte de ce que vous avancez, Messire ? Vous suggérez qu'un prêtre ou un chanoine de cette cathédrale a osé, au beau milieu de la cérémonie la plus sacrée, la Sainte Messe, empoisonner le calice consacré avant de le tendre à Montfort !

— En effet, répliqua Corbett, en soutenant son regard sans ciller.

Puis il se retourna vers le roi :

— Je vous supplie, Sire, de faire placer une garde autour du maître-autel et d'interdire que l'on touche au moindre calice, à la moindre patène, avant que nous les ayons examinés.

Le roi acquiesça et donna ses ordres à voix basse à Bassett qui sortit en courant.

— C'est très astucieux, reprit lentement le roi. Quoi qu'il arrive, nous devons faire preuve d'une grande prudence. Acceptons-nous la mort de Montfort en clamant notre innocence — car nous sommes vraiment innocents ! — ou allons-nous mener une enquête ? Dans ce dernier cas, chacun des chanoines doit subir un interrogatoire, ce qui risque de causer un scandale, sans que, pour cela, nous découvrions quoi que ce soit. Il se pourrait même que nous soyons accusés de chercher des boucs émissaires !

Le roi se mordit la lèvre et passa dans ses cheveux gris acier une main chargée de bagues. Il ôta son cercle d'argent ciselé et le posa sans cérémonie sur le tombeau.

— Que conseilleriez-vous, Surrey?

— De laisser pourrir l'affaire, répondit rapidement le comte. De ne rien faire.

— Corbett?

— Je serais tenté de partager cet avis, s'il n'y avait pas un détail que nous avons négligé.

— Lequel?

— Le calice. Vous vous souvenez, Sire? Vous alliez communier sous les deux espèces. Nous devons nous poser la question suivante : le poison dans le calice était-il destiné à Montfort ou à vous?

Le roi se frotta le visage et contempla les gargouilles au-dessus de la frise de pierres en zigzag. Corbett suivit son regard. Des anges surgissaient des murs, les joues gonflées pour sonner les trompettes du Jugement dernier près de diables qui, yeux exorbités, tiraient à jamais leurs langues de pierre. Sous les gargouilles éclatait une merveilleuse symphonie de violet, or, rouge et bleu qui représentait le paradis où les âmes des bienheureux, vêtus de blanc et jouant de harpes dorées, glorifiaient un Christ siégeant en Majesté pour l'éternité tandis que sous ses pieds, dans une nuée infernale marron rougeâtre, des démons écailleux à tête de monstre et corps de lion soumettaient les âmes des damnés à d'indicibles tortures. La méditation du roi n'échappa pas à Corbett tandis que Surrey, gagné par l'ennui, s'adossait contre un mur et regardait par terre comme s'il n'avait rien à ajouter aux conclusions du clerc. Le roi s'approcha si près de Corbett que ce dernier respira l'odeur mêlée de parfum et de sueur qui s'élevait de son lourd habit brodé d'or.

— Dans cette église, Hugh, prononça doucement le monarque, faisant fi de la présence de Surrey, repose le corps du roi saxon Ethelred l'Indécis[1]. L'épée ne s'écarta jamais de sa Maison et la fureur du ciel sembla s'acharner sur lui. Est-ce là le destin qui m'attend ?

Corbett fut sur le point de compatir, mais il vit l'expression des yeux bleu clair du souverain et se demanda à nouveau si Édouard, en acteur consommé, n'était pas en train d'apaiser ses propres craintes.

— Cette affaire doit être tirée au clair ! déclara le roi. Et pas à cause de la disparition de Montfort.

Il cracha presque ces mots.

— Je lui souhaite bon vent comme à tous ceux de sa famille, mais si quelqu'un a eu l'intention de me tuer, Corbett, je veux que vous le démasquiez.

— Dans ce cas, Sire, décréta Corbett, impatient d'échapper à la présence pesante du roi, je ferais mieux d'examiner l'autel et le calice. Qu'en pensez-vous ?

— Faites, approuva le roi. Nous vous attendrons ici.

1. Ethelred the Unready (v. 965-1016), Ethelred II l'Indécis, fut vaincu par les Danois et chassé du trône. C'est le père d'Édouard le Confesseur. (N.d.T.)

CHAPITRE IV

Corbett retourna dans le chœur. On avait soufflé les bougies et fait évacuer la cathédrale. Au fond, Winchelsea et son hôte, l'évêque de Londres, étaient en grande conversation avec Bohun et Bigod. Des seigneurs et des dignitaires ecclésiastiques les entouraient, feignant le chagrin comme si les événements de la matinée les avaient personnellement touchés. Quelques chanoines fixaient, bouche bée, le maître-autel cerné par un cordon infranchissable d'hommes d'armes de la Maison du roi. La plupart des fidèles étaient partis, mais l'atmosphère vibrait encore du drame, des chants et de la mort atroce qui flottaient en suspens dans l'air, à l'instar des vapeurs d'encens odoriférant.

Corbett s'immobilisa en apercevant une silhouette en bas des marches du chœur, celle d'une femme en robe de damas blanc et or, sous un manteau du même tissu, fourré d'hermine et lacé aux épaules par de larges galons de soie brochés d'or, chacun paré de superbes nœuds dorés. Ses cheveux blonds lui tombaient dans le dos, retenus par une fine résille de soie enrichie de pierres fines. Son long visage aux traits lisses aurait été digne d'une reine, n'eussent été le regard impudent et la bouche tordue en un rictus sournois. Corbett ne l'avait jamais vue. D'abord, il la prit pour une dame de la cour, mais en distinguant ses lèvres fardées et ses ongles vernis, il pensa que c'était la maîtresse d'un des nobles restés dans le sanctuaire ou même celle d'un chanoine. Il se souvint avec amusement du vieil adage : « L'habit ne fait pas le moine. » Plus d'un prêtre goûtait aux plaisirs de la chair avec autant d'ardeur qu'il mettait à les dénoncer dans ses sermons. Le clerc allait s'éloigner quand la femme l'interpella d'une voix dure :

— Montfort est-il mort ?

Il répondit machinalement :

— Oui, oui, il est mort.

Le temps qu'il se ressaisît, elle avait tourné les talons et redescendait la nef d'un pas énergique, balançant de façon fort suggestive ses hanches larges et rebondies sous sa robe de soie. Il aurait voulu la suivre pour lui demander la raison de son intérêt, mais le roi l'attendait ; il se dirigea donc vers la rangée d'hommes d'armes. En le voyant approcher, l'un d'eux lui fit signe de s'arrêter, mais Bassett, derrière, glissa quelques mots à l'oreille du capitaine des gardes qui laissa passer Corbett.

Celui-ci gravit les marches quatre à quatre et se retrouva près du long autel en marbre. Ce maître-autel, plus large que ne l'avait cru Corbett, était décoré, sur le devant, de sculptures très fouillées d'anges et de bergers dans une scène d'une gaieté presque enfantine : un berger jouait tellement fort de sa cornemuse qu'il n'entendait pas la musique céleste. Corbett contempla la frise, appréciant la douceur du matériau et oubliant sa mission pour admirer la délicatesse et la complexité du tracé. Il s'accroupit et aperçut une pâle tache de vin, puis en remarqua d'autres sur le tapis. Avait-on renversé du vin? Oui, un peu, apparemment! Il se leva avec un haussement d'épaules pour examiner l'autel pouce par pouce. Posant les mains sur la nappe souillée de larges gouttes de cire vierge, il tâta les linges précieux qu'elle protégeait, probablement en cendal[1], samit[2], sarcenet[3], damas, soie et velours. La nappe elle-même, d'un blanc immaculé, arborait sur le pourtour des broderies vertes, ocre, dorées et bleu nuit, et au milieu une croix rouge, symbolisant la relique qu'abritait tout autel. Comme, ici, c'était la cathédrale St Paul, les reliques étaient des plus rares : un morceau de la vraie croix, de minuscules fragments du rocher où s'était tenu Jésus avant de monter au ciel, un bout du voile de la Sainte Vierge et des reliques du tombeau de saint Paul à Rome.

L'autel s'ornait de magnifiques pièces d'orfèvrerie : d'énormes candélabres qui n'étaient qu'entrelacs et volutes de feuillages d'argent, agrémentés de minuscules silhouettes en or d'hommes et de démons, se dressaient à côté de petites burettes peu profondes à tige de cristal teinté, gravées des scènes de la Passion; un ostensoir aux multiples rayons voisinait avec des patènes en vermeil très pâle dont certaines contenaient encore des hosties consacrées. Dans la confusion, on avait laissé là un encensoir incrusté d'or et un autre, en forme de nef, émaillé de pierres précieuses. Corbett soumit tous ces objets à un examen approfondi. Certains prêtres auraient pu l'accuser de sacrilège puisque le pain et le vin consa-

---

1. Cendal : tissu de soie. *(N.d.T.)*
2. Samit : sorte de satin. *(N.d.T.)*
3. Sarcenet : étoffe sarrasinoise. *(N.d.T.)*

crés se trouvaient toujours sur l'autel, mais il était assez frotté de théologie pour savoir que le sacrilège réside plus dans l'intention que dans l'acte lui-même. Il marmonna une brève prière, se frappa la poitrine en disant « *Peccavi* », sûr que Dieu lirait dans son cœur et comprendrait que, étranger à tout irrespect, il voulait seulement découvrir la vérité ; car c'était bien d'un crime épouvantable qu'il s'agissait ! Mais comment s'y était-on pris pour le commettre ?

Corbett repensa au rituel de la messe. Après l'*Agnus Dei*, les célébrants prenaient une hostie sur les patènes d'argent posées sur l'autel, puis c'était le tour du calice : chacun buvait une gorgée de vin avant de le passer à son compagnon. Était-ce la solution à l'énigme du meurtre ? Corbett s'approcha de l'encensoir et en ôta le couvercle d'or : les petits morceaux de charbon étaient froids, à présent. Il renifla, mais ne sentit rien d'autre que l'encens. Il eut une idée folle : et si Montfort avait été tué en inhalant des vapeurs d'encens mortelles ? Mais il écarta cette hypothèse ; d'autres les auraient alors respirées, or tous étaient indemnes alors que Montfort gisait dans la sacristie, déjà touché par la rigueur cadavérique. L'hostie avait-elle été empoisonnée ? Il rejeta également cette hypothèse. Aucun prêtre n'aurait pu être sûr de recevoir telle hostie plutôt que telle autre, et par ailleurs cela ne concordait pas avec sa quasi-certitude que c'était le monarque qu'on visait et non Montfort. Cela ne pouvait être que le vin.

Il se dirigea vers le calice qui se dressait un peu à l'écart, encore à moitié plein. Il en huma l'intérieur, mais ne sentit qu'une forte odeur de raisin. Il y mit le doigt et s'apprêtait à goûter le breuvage lorsqu'il entendit une exclamation virulente :

— Sacrilège !

C'était Winchelsea, blême de rage, qui, du bas des marches, de l'autre côté du cordon de gardes, le fixait, les yeux flamboyant de colère.

— Que faites-vous donc ?

— Monseigneur, répondit Corbett, je ne fais qu'exécuter les ordres du roi. Montfort a été empoisonné à cet autel. Je n'ai aucune intention de commettre un sacrilège, mais c'est ici que se trouve le venin qui l'a tué. Si nous le découvrons, nous tenons l'assassin.

Corbett soutint le regard ulcéré de l'archevêque.

— Vous n'avez pas le droit ! Vous êtes un laïc, s'écria Winchelsea. Vous auriez dû avoir mon aval, ou à défaut celui de Monseigneur l'évêque de Londres, avant même d'approcher de cet autel.

— Monseigneur, s'exclama Corbett, las de cette comédie qui les forçait à s'égosiller par-dessus la tête des gardes dont certains riaient franchement de l'altercation, Monseigneur, si vous avez une quelconque objection, veuillez en faire part au roi ! Ou bien excommuniez-moi si vous le désirez ! Mais je vous assure que je ne veux en aucune façon me conduire en profanateur. C'est sur cet autel que se trouve la cause de la disparition de Montfort et je me propose de la découvrir !

— Il a raison !

Une voix s'éleva de l'autre côté de l'autel. C'était Plumpton qui observait Corbett et insista avec tact :

— Monseigneur, ce clerc n'est coupable d'aucune irrévérence. Il est là sur l'ordre de notre souverain. L'émoi est à son comble en ce moment. Si vous m'autorisiez à assister Messire Corbett... ?

L'archevêque acquiesça ; Plumpton passa entre les

soldats et gravit, de sa démarche dandinante, les marches de l'autel près duquel il rejoignit le clerc.

— Avez-vous trouvé le poison, Messire ?

— Non, répondit Corbett en tournant le dos au prélat qui fulminait encore. Est-ce là le principal calice ?

Il prit la coupe superbement ouvragée.

— C'est le seul, précisa Plumpton. Il appartenait à Montfort. Il en était très fier. Après tout, c'est le grand comte Simon en personne qui le lui avait offert.

— Et il a bu dans ce calice, n'est-ce pas ?

Plumpton fit un signe de tête affirmatif.

— Alors, c'est ce calice qui est la cause de sa mort.

Plumpton prit la coupe presque pleine et en avala le contenu avant de la replacer sur l'autel en déclarant :

— Ce n'est pas mon avis. J'ai bu le vin consacré parce qu'il faut que quelqu'un le fasse ! Et puis parce que cela vous permettra de savoir, en quelques minutes, si on y a effectivement versé du poison. Je crois, poursuivit-il avec un sourire, que vous connaissez déjà la réponse : le calice n'est pas empoisonné. Rappelez-vous que nous avons tous bu du vin pendant la messe.

Corbett se mordilla la lèvre et approuva le raisonnement. Il ne trouverait là rien de plus.

— Je vous remercie pour votre aide, mon père, je ne voulais pas faire preuve d'irrespect. Je comprends fort bien que les servants doivent nettoyer et ranger l'autel, mais, souligna-t-il d'un geste impérieux, j'interdis d'emporter hors de cette église le moindre de ces objets avant qu'il soit examiné, et je parle au nom du roi !

Plumpton haussa les épaules :

— Il en sera fait comme vous le désirez, mais je crois savoir que notre souverain vous attend. Monseigneur l'évêque de Londres avait fait préparer un banquet pour que nous célébrions la déconfiture du roi ; les cuisiniers sont prêts et la disparition de Montfort ne nous a certainement pas coupé l'appétit.

Corbett eut un petit sourire, puis redescendit les marches du chœur en repassant entre les soldats et en toisant calmement l'archevêque toujours furieux, avant de rejoindre le roi derrière la clôture. Le monarque, à nouveau maître de soi, avait laissé entrer d'autres membres de sa Maison : chefs d'armée, intendants, courtisans, qui tous s'escrimaient à rétablir un semblant d'ordre dans le chaos ambiant. Édouard s'était fait apporter une aiguière d'argent et des linges. Il se lava les mains avec du savon parfumé, puis le barbier royal lui tailla la barbe et le peignit avant de ceindre son front du cercle d'argent. Cela fait, Édouard annonça que Monseigneur l'évêque de Londres les attendait dans la salle capitulaire, et revint à grands pas dans le chœur, suivi de tout son entourage et en particulier de Corbett et de Surrey. Sans prêter attention aux personnes restées là, il sortit par la petite porte est et traversa le cloître couvert de neige et balayé par le vent avant de s'engouffrer dans le chapitre de la cathédrale.

Les murs chaulés de la grand-salle s'ornaient de précieuses tapisseries flamandes et le sol de chêne poli d'épais tapis persans. L'éclat d'énormes bougies de cire vierge, fichées dans des candélabres d'argent massif, repoussaient les ténèbres tandis que brûlaient des braseros à roulettes, et le parfum des herbes aromatiques répandues sur le charbon de bois montait dans l'air à travers leur couvercle d'acier.

Dans la cheminée, au fond de la salle, rugissait un feu imposant, alimenté en charbon et en bûches de pin fraîchement coupées, et, sur l'estrade, la table d'honneur et ses chaises de chêne sculpté avaient été installées sous une maîtresse-poutre drapée de rouge, blanc et or. La table, protégée par une nappe immaculée, regorgeait d'ustensiles d'or et d'argent. De toute évidence, les chanoines avaient dévalisé leur trésor et exposé leurs objets les plus précieux pour embellir la salle et éblouir le roi. Corbett se demanda s'il ne fallait pas y discerner un subtil camouflet à l'adresse du monarque. En effet, n'eût été l'assassinat de Montfort, Édouard serait venu là après avoir dû écouter l'homélie attaquant ses projets de taxation et il aurait festoyé aux dépens de l'Église, évêques et chanoines le narguant en lui mettant sous le nez les splendeurs qu'ils lui refusaient si obstinément. Comme s'il avait perçu cette intention, le monarque traversa la salle à longues enjambées et alla s'asseoir à la place d'honneur sans attendre sa suite. Ce fut alors une ruée frénétique vers les sièges, chacun bousculant l'autre pour être aussi près que possible de la table royale sur l'estrade. Ce ne fut pas le cas de Corbett. Le roi l'avait prié de rester près de lui, mais Corbett lui avait glissé à l'oreille qu'il valait mieux qu'il dînât dans la grand-salle pour surprendre d'éventuels commérages ou rumeurs et Édouard l'avait approuvé. Corbett s'était rendu compte, pourtant, que si le souverain était vraiment visé, il y serait aussi vulnérable que dans la cathédrale.

— Sire, lui avait-il murmuré, veuillez prendre garde à ce que vous mangez et buvez !

Surrey, qui s'était placé à la gauche du monarque, avait interpellé Corbett avec agacement :

— Nul besoin de vous en inquiéter, le clerc! Le roi ne mangera ni ne boira rien que je n'aurai auparavant goûté.

— Alors dans ce cas, avait calmement répliqué Corbett, sachant que la vie de notre souverain est entre vos mains et que vous en répondez, je m'en vais, l'esprit en paix.

Il s'était retiré après avoir salué le roi en laissant Surrey — certes pas le plus fin des compagnons d'Édouard — se demander s'il avait été insulté ou non.

Corbett avait soigneusement choisi sa place. Il se défiait de Plumpton — un peu trop onctueux, un peu trop affable, presque heureux et soulagé que Montfort fût mort. Quelqu'un, songea-t-il, qu'il fallait sonder. Aussi, quand les invités avaient pris place, s'était-il glissé discrètement sur le banc près de Plumpton. Le chanoine, apparemment enchanté de sa compagnie, l'entraîna rapidement dans une conversation détaillée sur l'histoire de la cathédrale, en évitant soigneusement d'aborder le sujet de la disparition du doyen. Corbett l'écoutait attentivement tout en se demandant où se trouvaient Bassett et Ranulf. Ce dernier, n'ayant pu trouver de place dans la grand-salle, s'était avisé, avec sa vivacité d'esprit coutumière, qu'il serait servi plus vite et plus copieusement dans les cuisines, s'il prétendait appartenir à la suite du monarque. Quant à Bassett, le roi lui avait sans doute confié une tâche à accomplir en secret. Tandis que Plumpton discourait, Corbett pensait à Bassett, ce jeune chevalier banneret, probablement issu de l'aristocratie foncière. Il connaissait ce genre d'hommes : on en voyait de plus en plus à la cour; dévoués corps et âme au souverain, ils semblaient être l'incarnation même de la terrible maxime : « La volonté du Prince a force de loi. » C'était le cas de Bassett : un jeune ambitieux impitoyable pour qui rien n'existait, ni morale, ni bien ni mal, ni paradis ni enfer, ni droit ni tort, ni grâce ni péché, rien, si ce n'était la volonté du prince.

A mesure qu'Édouard prenait de l'âge, il semblait s'entourer de plus en plus de tels individus. Même jeune homme, il n'avait jamais pu accepter qu'on lui tînt tête ; à présent qu'il était vieux, il ne supportait plus aucune résistance, fût-elle légère. Corbett l'avait vu se battre au pays de Galles autrefois et faire preuve de magnanimité envers des rebelles vaincus, mais maintenant ? Le magistrat observa son souverain siégeant dans ses habits d'apparat à la haute table du fond de la salle. Maintenant, c'était différent. Corbett avait eu des échos de l'expédition en Écosse, de la boucherie et de la folie meurtrière du souverain. Des hommes comme Surrey, assis à côté du roi, n'étaient que les instruments de cette fureur. Surrey était un bon soldat, un vétéran. Il était capable de mettre une ville à feu et à sang aussi facilement qu'il traversait une rue ou montait à cheval. Parfois, Corbett se demandait s'il devait servir le roi ou non. Ses terres du Sussex lui procuraient de bons revenus et il était l'heureux propriétaire de maisons dans le Suffolk, à Shotters Brook, Clerkenwell et Bread Street, à Londres. Il se récita le verset des Évangiles : « Que vaut donc à l'homme de gagner le monde entier, s'il perd son âme ? » Il lui fallait louvoyer dans les arcanes de la cour, où il était si facile de perdre son chemin, et finalement son âme.

Cette enquête posait le même genre de problème. Le calice, pensait-il, avait très bien pu être destiné à

Montfort, mais il se souvint d'une conversation avant la messe, qu'assis derrière le souverain il avait surprise. Bassett avait rappelé au roi que Montfort lui présenterait le calice en geste d'amitié, et qu'il devrait y boire. Mais qui voulait la mort d'Édouard ? Corbett soupira. Des centaines de gens. Philippe de France, par exemple, son ennemi juré, qui ne serait que trop heureux de voir le roi mourir dans un accès d'ivrognerie ou s'effondrer devant le maître-autel de sa cathédrale, et s'empresserait de proclamer à toute la chrétienté que c'était là le châtiment de Dieu envers un roi perfide. Il y avait ensuite les princes gallois au cœur félon, prêts à la rébellion. Corbett avait déjà eu affaire à eux ; c'est à cette occasion qu'il avait rencontré Maeve, dont le doux visage en forme de cœur, encadré par une longue chevelure blonde aux reflets argentés, s'imposa à son esprit. Corbett ferma les yeux pour repousser cette vision. S'il se mettait à penser à elle, il n'arriverait à rien. Et enfin, bien sûr, on ne pouvait omettre les Écossais dont il avait rencontré les chefs, Bruce et les autres, des hommes impitoyables déterminés à ne pas abandonner un seul pouce de leur sol aux Anglais.

Les traits souriants de Maeve revinrent le troubler, aussi s'efforça-t-il de se reprendre en observant ce qui se passait dans la grand-salle où les agapes commençaient. Les cuisiniers de l'évêque de Londres avaient fait de leur mieux pour présenter un banquet digne de ce nom, malgré la saison : colverts en tourte, sarcelles, menus oiseaux au lait d'amande, chapons rôtis glacés au sirop, veaux et porcs rôtis, hérons, viandes à la sauce tartare, gelées, rôt de lapin, faisans, gibiers, hérissons en tourte dans une sauce épicée, grues, perdrix, crèmes, oranges, sucreries, le tout servi par une myriade de pages qui versaient de généreuses rasades de vin rouge capiteux dans les gobelets d'étain. Malgré son long jeûne, Corbett n'avait pas faim. Il revoyait encore le visage de Montfort avec sa bouche noirâtre et sa langue gonflée. En outre, dans un recoin de la salle, il venait d'apercevoir un chat qui emportait le cadavre à demi rongé d'un rat, et cela, plus la vue d'ulcères sur les bras et les mains de quelques serviteurs, lui avait coupé l'appétit. Il sirota donc tranquillement sa boisson, se jurant d'aller en ville dès la fin du banquet pour satisfaire son appétit.

Plumpton bavardait toujours et Corbett le laissait dire, l'œil rivé sur son écuelle en bois et y suivant du doigt les versets de la Bible inscrits en lettres dorées. C'était vraiment cela, la richesse. Les chanoines de St Paul ne connaissaient peut-être pas grand-chose de la pauvreté, mais en savaient certainement long sur le luxe. Même chez une personne de la noblesse, le tranchoir [1] n'aurait consisté qu'en un morceau de pain rassis, mais pas ici. Les gobelets étaient en étain, les plats en or ou en argent, les bougies de cire vierge, les épaisses tentures sur les murs, brodées d'or. Pas de simples dalles au sol, mais du bois poli recouvert de tapis. Les braseros en métal noir luisant, portés au rouge, marchaient au charbon de bois et emplissaient la pièce non seulement de chaleur, mais aussi de senteurs odoriférantes. Plumpton, vêtu d'un épais habit à capuchon bordé d'hermine et les mains potelées couvertes de bagues, puait le parfum comme une femme, ce qui écœurait Corbett, assis à ses

1. Tranchoir : carré de pain qui servait d'« assiette » et que l'on jetait aux chiens à la fin du repas. (N.d.T.)

côtés. Le chanoine ne semblait pas s'en apercevoir, tout occupé qu'il était à décrire l'administration de la cathédrale, mais à la fin, n'y tenant plus, Corbett l'interrompit :

— Sir Philip, demanda-t-il doucement, qui pouvait bien souhaiter la mort de Montfort ?

Plumpton se tourna vers lui, un large sourire éclairant son visage :

— Eh bien, moi, par exemple !

— Vous ne l'aimiez pas ?

— Non, je n'aimais guère le doyen. C'était quelqu'un d'étrange, de secret. Je convoitais son poste, sa fonction de doyen qui aurait dû être mienne, d'ailleurs.

Corbett fut un peu estomaqué par tant de franchise.

— Et qui d'autre ne l'appréciait pas ?

Plumpton parcourut la salle du regard et écarta les mains en un geste d'ignorance.

— La cathédrale est une petite cité ; il y a l'évêque, le doyen, le trésorier, le sacristain, l'aumônier, le bibliothécaire. Nous avons nos serviteurs, ceux qui nettoient l'édifice, ceux qui travaillent aux cuisines, nos pourvoyeurs de gibier, nos lavandières, nos messagers, nos tailleurs. Je ne crois pas que vous trouverez quelqu'un qui aimait « Messire » de Montfort ou qui le pleurera à chaudes larmes.

Il savoura son vin et scruta attentivement Corbett.

— Et vous, Messire, croyez-vous à un accident ? Je vous ai entendu affirmer que c'était un assassinat, et c'en est un, n'est-ce pas ?

— A votre avis ? demanda Corbett. Qui voudrait tuer le doyen de St Paul ?

Plumpton grimaça un sourire :

— Pourquoi ne pas le demander à votre maître, le roi ?

Corbett posa une main ferme sur le bras du chanoine :

— Certains verraient de la trahison dans ces paroles.

Plumpton repoussa lentement la main du clerc.

— Certains, Messire, affirmeraient que c'est dans cette direction qu'il faut chercher la vérité.

Il soutint, sans broncher, le regard de Corbett.

— Pourquoi ne pas questionner le roi ? Après tout, n'est-ce pas Bassett qui a apporté une bouteille d'excellent bordeaux, cadeau de votre maître, juste avant le début de la cérémonie ?

Corbett écarquilla les yeux :

— Je l'ignorais !

— Il y a beaucoup de choses que vous ignorez ! rétorqua avec agacement le chanoine, levant sa main chargée de bagues et faisant claquer ses doigts.

Un serviteur, avec un bandeau noir sur un œil, s'avança en traînant les pieds. Corbett observa ses traits émaciés, ses longs cheveux raides et ternes, son surcot graisseux et son tablier de toile attaché autour de la taille.

— Voici mon serviteur, Simon, dit Plumpton d'une voix posée. Il a quelque chose à vous montrer.

Il chuchota quelques mots à son oreille ; l'homme opina et s'éloigna de sa démarche fatiguée.

Corbett reporta son attention sur la table où le flot des conversations n'avait pas cessé. Les convives ne lui prêtaient aucune attention, occupés à se remplir la panse et à emmagasiner assez de chaleur pour lutter contre le froid terrible qui sévissait à l'extérieur. Le vin circulait librement et déjà certains chanoines, les yeux larmoyants et la bouche molle, n'avaient plus l'air du tout vaillants. Corbett savait que le roi allait rester ici la plus grande partie de la journée, bien décidé à prouver qu'il n'avait rien à cacher ni à craindre, et qu'il n'était que trop heureux de se détendre et de festoyer aux frais de l'Église. Corbett aurait bien voulu partir, mais il attendit le retour du serviteur. Celui-ci revint, portant un gobelet et une gourde de cuir. Corbett examina le gobelet vide : de l'étain de bonne qualité, sans décorations. La gourde était en cuir à bordure dorée ; le bouchon en cuir bouilli et poli s'ajustait parfaitement au goulot. Corbett en avait vu des quantités au palais royal. Il renifla le bord du gobelet et repéra une odeur faible, mais bizarre. Il déboucha la gourde et eut un haut-le-cœur : il s'en échappait une forte odeur douce-amère. Plumpton le guettait, amusé.

— Ils sont à vous, Messire. C'est la même odeur que dans la sacristie, ce matin, affirma-t-il. Je suis sûr que si vous en buviez une gorgée, poursuivit-il d'une voix mielleuse, vous ne ressortiriez pas vivant d'ici. Mais gardez ces objets, je vous en fais cadeau, car s'ils tombaient en de mauvaises mains, ils pourraient servir d'armes contre le roi.

Corbett le remercia d'un signe de tête.

— Je ne l'oublierai pas.

Il referma la gourde méticuleusement, s'assurant qu'elle était hermétiquement close, puis se leva et sans un mot à Plumpton ou à son discret serviteur, il quitta la salle, le gobelet et la gourde dissimulés sous ses habits.

CHAPITRE V

Il quitta la chaleur du chapitre pour affronter le froid terrible du cloître. Il gelait à pierre fendre : le soleil s'était couché et le crépuscule noyait tout dans sa grisaille. La neige tombant en rafales formait une nouvelle couche. Le monde autour de Corbett semblait s'être étrangement figé dans l'enceinte de la cathédrale, comme si la neige l'avait enfoui sous un manteau de paix. Pourtant, la réalité était bien différente, songeait Corbett. A peine deux ans auparavant, le roi avait ordonné la construction d'un haut mur d'enceinte, renforcé par des portes barricadées la nuit que l'on n'ouvrait qu'au moment de prime. C'est là que se réfugiaient ceux qui avaient fui la justice, la lie de la capitale, les individus aux abois, déclarés *utlegatum* — hors-la-loi. Là, ils n'avaient rien à craindre des officiers royaux ou municipaux. Par-delà les tombes et les monticules enneigés, et malgré les flocons, Corbett discernait le grand mur et les abris de fortune y attenant. D'indistinctes silhouettes d'hommes, de femmes et d'enfants, enveloppés dans des haillons et des peaux de bête, se hâtaient furtivement comme les créatures qui peuplent les cauchemars. Corbett aperçut la pâle lueur de feux de camp et entendit le geignement d'un bébé, protestant douloureusement contre la nuit glaciale qui s'annonçait. Aucun espoir. L'enceinte de St Paul était habitée par les morts et utilisée par des morts-vivants.

Cet endroit immonde, songea Corbett, faisait resurgir les vieux démons de son âme. Il se rappela un ami, un médecin arabe dont il avait fait la connaissance des années auparavant à Londres et qui lui avait parlé d'une maladie de l'âme nourrissant les viles humeurs du corps : l'esprit s'embrumait et cela finissait en suicide. Corbett avait l'impression que ce cauchemar le guettait, qu'un jour il sombrerait dans un état de noire mélancolie et que, incapable de continuer à vivre, il se coucherait et se laisserait simplement mourir. D'autres démons naissaient du cimetière et de l'enceinte de la cathédrale : là, dans la demeure du Christ, là où Il vivait, perpétuellement crucifié, de gras chanoines, trop bien soignés et chaudement vêtus, se goinfraient comme des porcs tandis que les pauvres, à l'instar du chat qu'il avait vu plus tôt, se terraient où ils pouvaient et mangeaient les rebuts qu'ils avaient dénichés.

Corbett frôla un groupe de chevaux entravés qui attendaient que leurs maîtres eussent fini de festoyer et dont les palefreniers s'étaient esquivés depuis longtemps. Il tourna le coin et pénétra dans la cathédrale par le portail sud. L'entrée était plongée dans l'obscurité. De chaque côté, les petites portes de bois menant à la tour avaient été fermées avec des barres de fer. Corbett s'assura qu'elles étaient solidement barricadées ; il ne savait pas pourquoi, mais il ne voulait pas passer devant une porte susceptible de s'ouvrir tout à trac : il ne pouvait se défaire de la sensation que le mal était présent et la haine prête à se déchaîner. Il remonta la nef. Les transepts étaient noyés dans la pénombre, les colonnes trapues, telle une rangée de gardes silencieux, élevaient comme par magie la masse de pierre vers le ciel. La cathédrale était vide. Le jour, elle était aussi animée qu'une place de marché londonien, encombrée d'écrivains publics, de juristes, de vendeurs de parchemins et de serviteurs proposant leurs services. Les hommes venaient y discuter procès et prix des récoltes, les commères échanger des potins — même pendant la messe, elles ne se taisaient parfois qu'à l'élévation. St Paul était bien utile pour les rendez-vous : des adversaires pouvaient s'y affronter en terrain neutre, des juristes arbitrer une question de bornage et un jeune homme en quête d'épouse y rencontrer une éventuelle fiancée et sa famille.

Corbett sursauta lorsque le bourdon de St Paul se mit à tonner : c'était le couvre-feu. On allait fermer les portes et les barrer par des chaînes pour interdire l'accès aux bandes de vauriens braillards qui terrorisaient la cité, la nuit. Il faisait froid, un froid mortel. Corbett passa devant les petites chapelles, noyées dans l'ombre, où les chanoines célébraient des messes à l'intention de ceux qui avaient payé afin d'échapper au jugement divin qui punirait leurs péchés sur terre. Il gravit les marches du sanctuaire ; les monstres sculptés des stalles vides le fixaient, frappés d'effroi immobile. Des flambeaux, au mur, crépitaient encore faiblement, dessinant des ombres démesurées et animant la dentelle de pierre d'une vie bien à elle. Corbett pénétra dans le chœur silencieux. Là également les torches fixées à leurs attaches de fer fournissaient un semblant de lumière. Il contempla le maître-autel que l'on avait nettoyé. Les objets du culte étaient à présent recouverts d'un épais tissu sombre, mais les vapeurs d'encens flottaient encore dans l'air comme des âmes refusant de monter au ciel.

Le maître-autel à la belle frise était enveloppé d'un linceul de ténèbres, à peine brisé par la lueur rouge et tremblotante de la veilleuse qui brillait dans l'obscurité comme un fanal dans la tempête. Corbett se rappela les mots gravés dans le bois de la clôture qu'il venait de franchir : « *Hic locus terribilis. Dominus Dei et porta coeli* » — Voici l'endroit redoutable, la Maison de Dieu et la Porte des Cieux. Corbett frissonna. C'était peut-être aussi la Porte de l'Enfer. Le Christ reposait ici sous le double aspect du pain et du vin, entouré d'une cohorte d'anges en adoration et de la toute-puissance des armées célestes. Mais était-ce vrai ? Corbett avait peine à le croire. Ce que disaient les prêtres correspondait-il à la réalité ? A la vérité ? Certains philosophes affirmaient que l'homme vivait dans un monde d'apparences ; avaient-ils raison ? Corbett demeurait-il constamment parmi les ombres sans discerner la réalité qui se cachait derrière ? Ou, comme l'avait écrit saint Augustin, l'homme était-il un petit enfant jouant dans les mares des rochers sans voir l'immense océan qui murmurait non loin de lui ? Pourtant, une certaine réalité existait bien là, même si ce n'était que la réalité du mal. Il lui était difficile d'admettre que cette cathédrale, fondée sur les ruines d'un temple romain, était vraiment un endroit sacré. Après tout, un prêtre n'y avait-il pas été assassiné, frappé au moment où il se préparait à rencontrer le Christ ? Ne fallait-il pas y voir un terrible jugement divin ? Et quel jugement, plus terrible encore, attendait ceux qui avaient organisé un crime aussi abominable ?

Il sursauta en entendant un bruit venant du mur, au

fond du chœur. Il dégaina son poignard, dissimulé sous sa cape, et s'avança à pas de loup, le cœur battant à tout rompre, la bouche si sèche que sa langue se raidissait; le grattement semblait provenir du mur lui-même. Trempé de sueur, Corbett y plaça précautionneusement la main et tâtonna jusqu'à l'endroit d'où était sorti le son, mais soudain ses doigts hésitants furent agrippés par une poigne d'acier glacée. Il leva son autre main, mais sa paume luisante de sueur laissa tomber bruyamment le poignard sur les dalles. Il essaya de maîtriser l'épouvante qu'il sentait monter en lui, mais lorsqu'il vit un rai de lumière apparaître dans le mur, il ne put retenir un gémissement de terreur. L'une des gargouilles grimaçantes des chapiteaux, l'un des diables en pierre, aurait-il soudain pris vie et glissé, tel un serpent, jusqu'à cet endroit maléfique pour se saisir de lui? Il allait hurler de panique lorsqu'il perçut le son d'une voix:

— Es-tu envoyé par Dieu ou par le Malin? murmurait-elle par la fente lumineuse.

— Par Dieu! Par Dieu! s'écria-t-il en tentant de se ressaisir.

Il avait oublié l'existence du reclus. Celui-ci avait dû l'entendre pénétrer dans le chœur et Corbett s'était laissé prendre à son piège. « Est-ce lui le meurtrier? » pensa Corbett, affolé.

— Lâchez-moi! rugit-il. Par Dieu, si vous ne me lâchez pas, je vous poignarde!

— Ton arme est tombée, chuchota-t-on. Mais je ne te veux pas de mal. Je vais te lâcher!

Corbett fut libre, tout d'un coup. Il se recula d'un bond, trouva son poignard à tâtons et fit lentement quelques pas en arrière.

— Qui êtes-vous? demanda-t-il en direction du rai de lumière qui jaillissait de la pierre.

— Je suis un homme de Dieu, répondit la voix. Je m'appelle Thomas. Cela fait dix ans, non, quinze, que je vis ici. Toi, tu es le scribe du roi !

— Comment le savez-vous ?

— Je t'ai vu ce matin quand le doyen est mort, tu as traversé le chœur à plusieurs reprises à toute allure ! Oh ! tu es un homme du monde, toi, toujours au courant de ce qui se passe ! Comment est-il mort ?

Corbett rengaina son poignard et tenta de réprimer le tremblement de ses membres :

— Il a été assassiné... Comme vous ne l'ignorez pas ! N'est-ce pas vous qui avez clamé que l'Ange de la Mort était présent ? persifla Corbett pour inciter l'autre à parler. Comment le saviez-vous ?

Le rai de lumière sembla disparaître et Corbett, concentrant son regard dans l'obscurité, distingua vaguement deux yeux souriants derrière la fente du mur.

— Je n'ai pas eu de vision, reprit la voix en gloussant. Si tu avais vu, scribe, ce que j'ai vu ici, alors tu saurais que ce n'était qu'une question de temps avant que Dieu n'envoie son ange accomplir sa terrible vengeance.

— Pour quelle raison ?

— La raison ?

Le ton se fit suraigu.

— Ces chanoines, ces prêtres, avalent les trois quarts de la messe : le Diable doit ramasser ce qu'ils omettent du service divin pour remplir sa hotte, et quand ils mourront, ils passeront l'éternité à célébrer les messes qu'ils ont bâclées, les prières qu'ils ont sautées, les sermons qu'ils ont oubliés. Ils débitent à la hâte la parole de Dieu comme l'on déverse des ordures dans une fosse ! Et les vies qu'ils mènent ! Tu as vu les catins ?

Corbett se souvint de la dame qu'il avait aperçue au bas des marches du chœur.

— Oui ! J'ai aperçu une femme.

— Une catin ! corrigea la voix. Celle de Montfort.

— Vous voulez bien parler du prêtre qui est mort ?

— Du prêtre qui a été assassiné, tu le sais bien, précisa le reclus d'un ton ferme. Je suis au courant. J'ai beau vivre ici, prisonnier de la pierre — et je le fais volontiers en expiation de mes fautes —, je vois pourtant les péchés des autres et Montfort était un vil pécheur. Cette femme était sa catin.

— Connaissez-vous son nom ?

— Son nom est Légion ! proféra le reclus, car elle est habitée par une multitude de démons. Renseigne-toi ! Montfort était quelqu'un de riche et de cupide.

— Le roi, déclara Corbett, faisant soudain confiance à son interlocuteur, m'a chargé de rechercher les raisons de sa disparition.

L'autre éclata d'un rire qui jaillit de la pierre.

— Il y a autant de raisons que d'étoiles dans les cieux. Montfort ne manquait pas d'ennemis, c'est certain !

— Comment savez-vous tout cela ?

— Où crois-tu, scribe, que l'on vienne conspirer et comploter, sinon ici, dans la Maison de Dieu, l'endroit le plus sûr de tous ? C'était le cas pour Montfort. Écoute bien ce que je vais te dire, scribe, car ensuite je n'ouvrirai plus la bouche : Montfort a été assassiné par ses propres frères, ici, dans la cathédrale St Paul. Tu trouveras, dans ce temple de la luxure, des hommes encore plus malfaisants que Montfort, des prêtres qui ont vendu leur âme au Diable ! Je te souhaite bonne chance !

Le rai de lumière disparut soudain. Corbett comprit que le reclus avait soufflé sa chandelle et ne lui parlerait plus. Il entendit le frottement du morceau de bois ou de pierre que l'ermite remettait dans la fente pour se couper du monde.

Il revint au centre du chœur et gravit les larges marches du maître-autel. Le silence absolu, effroyable, était retombé dans l'église. Il plaça les mains sur l'autel, s'inclina devant le crucifix suspendu et regarda autour de lui. Il tenta de se mettre à la place de Montfort. Il était debout sur la pierre contenant les reliques ; à ses côtés, ses cocélébrants. L'*Agnus Dei* venait de s'achever ainsi que l'élévation. Les patènes d'argent que les officiants se passaient le long de l'autel contenaient les parcelles du pain consacré que chacun consommait. Puis c'était le tour du calice de circuler de main en main. Le poison y était-il ? Corbett avait vu, de ses propres yeux, Plumpton boire le contenu du calice. Sans conséquences néfastes. D'autres avaient aussi bu sans dommage. Mais s'il n'y avait pas eu de poison dans le calice, comment Montfort était-il mort ? Plumpton avait-il raison ? Et lui, Corbett, suivait-il une mauvaise piste ?

Il effleura la gourde sous sa cape ; il l'avait attachée à sa ceinture et elle se balançait légèrement contre sa cuisse. Montfort aurait-il été empoisonné avant le début de la messe ? Il se mordit la lèvre, perplexe, et jeta un coup d'œil vers la sacristie : la porte en bois massif était verrouillée. Derrière gisait le corps putride du doyen, à présent atteint par la rigidité cadavérique, et encore imbibé du poison qu'il avait absorbé. Corbett revit la scène. La cérémonie s'était achevée juste avant midi, avant que le bourdon de St Paul ne carillonne sexte. Le service divin avait commencé deux heures plus tôt. Si Montfort avait bu le vin empoisonné avant la messe, il l'aurait donc fait à 9 heures, 10 heures du matin? Mais l'effet aurait-il été si lent?

Peut-être Surrey avait-il raison. Peut-être devrait-il laisser tomber cette affaire. Ne poursuivait-il pas un feu follet dans ce marécage plein d'embûches? Mais il devait bien y avoir une solution! Quelqu'un, un rival, pouvait, pour se débarrasser du doyen, avoir empoisonné le vin envoyé par le roi, et le poison aurait agi pendant la cérémonie et non pas immédiatement.

Corbett s'assit sur la plus haute marche et réfléchit rapidement. Trois détails l'intriguaient. Premièrement, en dépit de ses fréquents moments d'inattention pendant la messe, il n'avait pas vu Montfort bafouiller ou faire une erreur; il n'avait rien remarqué d'inhabituel. Si le doyen avait été victime d'un poison à l'action lente, ne se serait-il pas plaint de douleurs? Il n'en avait rien été. Deuxièmement, si le poison avait été administré avant la cérémonie, cela avait dû être un produit à l'effet extrêmement lent; or Corbett, malgré son expérience, n'en connaissait aucun. La plupart étaient d'une rapidité fatale. En tant que magistrat au Banc du Roi[1], il avait assisté à maints procès d'empoisonneurs. Les poisons agissaient en quelques minutes. En fait, c'était souvent ainsi que le (ou la) coupable était arrêté: il (ou elle) n'avait pas eu le temps de quitter le lieu du crime.

---

1. Le roi exerçait sa justice soit par juges itinérants, soit par deux cours : le Banc commun ou les Plaids communs, qui jugeait les contestations entre deux particuliers, et le Banc du Roi, pour les procès criminels. (N.d.T.)

Troisièmement — et là Corbett se félicitait de s'y connaître un peu en loi canonique —, tout prêtre célébrant la messe et recevant la Sainte Communion n'avait ni le droit de manger ni celui de boire passé minuit. L'idée que Montfort aurait absorbé le vin empoisonné la veille, le poison n'agissant que plusieurs heures après, était tout à fait ridicule.

Les sourcils froncés sous l'effet de la réflexion, Corbett se perdait en conjectures. Celui qui avait manigancé cet assassinat l'avait minutieusement préparé. Mais pourquoi ici ? Pourquoi, si on voulait sa mort, le tuer au vu et au su de tous, du roi, de sa cour, des officiers supérieurs de la Couronne et de la plupart des hauts dignitaires londoniens ? La même question se posait si l'on considérait l'hypothèse d'une tentative d'assassinat sur le monarque. Pourquoi ici, à St Paul, en pleine messe ? Corbett se frotta les yeux. Il était épuisé, las de toute cette affaire. Il se leva et redescendit la nef. Il entendit du bruit, un trottinement léger dans le transept. Il s'arrêta net, sentant la peur panique prête à le submerger à nouveau. S'il allait dans le transept, qu'y trouverait-il ? N'importe qui, une armée même, pouvait se dissimuler dans l'obscurité. Pourtant, si on avait voulu se débarrasser de lui, on aurait pu l'abattre quand il se trouvait en pleine lumière dans le chœur. N'était-ce donc qu'un effet de son imagination ? Il pressa le pas et cria presque de soulagement en ouvrant la porte de la cathédrale et en retrouvant la blancheur de la neige.

CHAPITRE VI

Le lendemain, Corbett se réveilla bien avant que les cloches de la Cité sonnent l'office de prime. Il avait neigé pendant la nuit, et la matinée s'annonçait grise et brumeuse. Le clerc, qui à présent pouvait s'offrir le luxe de garnir ses fenêtres de carreaux de verre, se félicitait d'avoir installé des vantaux de bois, protection supplémentaire contre le vent toujours impitoyable. Sa chambre était austère, mais spacieuse, et les murs plâtrés s'ornaient de tentures rouges, vertes et bleues en worsted[1]. Un vaste buffet en chêne abritait vaisselle et gobelets. Un banc, un tabouret et une lourde chaise sculptée à haut dossier et appuie-bras où reposait un coussin écarlate entouraient une table sur tréteaux. Corbett avait débarrassé le plancher de la paille et des joncs, source de saleté et de maladie, et acquis à prix d'or un épais et pesant tapis de Perse, qui faisait l'envie de ses rares visiteurs. Mais le meuble principal de la pièce était un grand lit de chêne sculpté, à présent recouvert d'une courtepointe bleu foncé, et fermé par d'amples courtines de serge qui assuraient non seulement

1. Worsted : tissu de laine initialement fabriqué à Worsted (Norfolk), centre de tissage dès le xiiie siècle. *(N.d.T.)*

une certaine intimité, mais encore une protection contre le froid mordant.

Le clerc s'empressa d'allumer le brasero, veillant à ce que nulle étincelle ne s'échappe du charbon de bois et ne provoque quelque incendie, puis, avec le même luxe de précautions, il s'occupa de la chaufferette posée sur la table ainsi que du candélabre d'argent dont les quatre bougies tremblotantes donnèrent une faible lumière et une bien maigre chaleur. Ensuite, il tira de sous le lit un coffre renforcé de serrures et fermé à clé qu'il ouvrit pour en extraire ses chausses les plus épaisses, son surcot, ses jambières, une solide paire de bottes, et un baudrier qui datait de sa campagne au pays de Galles. Puis il prit, dans un autre coffre, un long et redoutable poignard gallois et une fine épée qu'il glissa dans leurs gaines. Il se dirigea enfin vers le bassin de toilette et les linges et se lava mains et visage, en pestant à voix basse contre le froid. Il referma soigneusement les coffres et les repoussa sous le lit, puis sortit, sur un dernier regard, après avoir éteint feu et bougies. Il grimpa l'escalier pour se rendre à la soupente de Ranulf.

Un désordre effroyable y régnait et Corbett eut un sourire sans joie. Il se revit parcourant péniblement l'enceinte de St Paul, la veille, à la recherche de son serviteur ; il avait fini par le retrouver, saoul comme une grive, dans l'une des cuisines extérieures. Ranulf s'était gavé des reliefs du festin et avait bu pichet sur pichet, chantant ses propres louanges ainsi que les vertus des pièces d'argent qu'il pouvait offrir à l'accorte fille de cuisine qu'il essayait d'attirer dans son lit. Il avait eu beau lancer force jurons et pousser des cris d'orfraie, Corbett l'avait traîné dans le froid des ruelles obscures et ramené de force à Bread Street. Ranulf l'avait vitupéré, le traitant de maître geôlier qui le privait de tout plaisir. L'entraînant sans douceur et faisant fi de ses protestations, Corbett ne s'était arrêté que deux fois : la première pour que Ranulf pût vomir, la seconde pour lui plonger la tête dans un abreuvoir. L'eau glacée lui avait remis les idées en place, mais la torpeur s'était à nouveau emparée de lui à Bread Street, et son maître avait dû le tirer jusqu'à son galetas, en haut de l'escalier, et le jeter sur son lit de camp.

Corbett lui avait recommandé, à plusieurs reprises déjà, de ne pas trop boire et de tenir sa langue ; à présent le clerc était décidé à enfoncer le clou. Il prit une aiguière d'eau glacée qu'il vida lentement sur la tête ébouriffée de Ranulf. Ce dernier s'éveilla en sursaut, suffoquant, crachant et blasphémant ; il aurait sans doute frappé son maître au visage s'il n'avait vu l'éclat dur de son regard.

— Comme vous êtes cruel, mon maître ! grinça-t-il entre ses dents.

— Et toi, comme tu es stupide, maître Ranulf ! railla Corbett. Je t'ai ordonné plus d'une fois de veiller à ne pas boire quand nous sommes en mission ! Si ta langue se délie quand il ne faut pas, cela peut nous coûter la vie ou nous faire arrêter pour haute trahison par les sergents du roi.

Il tira rudement Ranulf du lit. Le gaillard avait dormi tout habillé, à part ses bottes. Son maître le fit asseoir au bord de sa paillasse et lui lança :

— Chausse-toi ! Descends et va te soulager dans la rue. Tu dois avoir l'estomac plein comme une fosse à purin ; il est hors de question que la maison soit empestée par tes humeurs puantes !

Ranulf enfila ses bottes, foudroya du regard le visage sombre et tendu du clerc où brillait l'étroite fente de ses yeux verts, de ses yeux de chat, et décida que la vengeance était un plat qui se mangeait froid. Il patienterait. Un jour, son maître taciturne s'enivrerait et pleurnicherait dans une taverne ; alors lui, Ranulf, lui administrerait le même remède ! Il sortit et descendit bruyamment l'escalier.

Il revint peu après, se félicitant d'avoir suivi l'ordre de Corbett, mais son maître n'en avait pas fini avec lui. Il exigea qu'il se déshabillât et fît sa toilette avant de se changer complètement. Ce n'est que lorsque lui aussi eut revêtu chausses en laine, hautes bottes, surcot et capuchon qu'ils ressortirent dans la rue.

Corbett avait décidé de ne pas prendre les chevaux, à l'abri dans une taverne de Bread Street. Il valait mieux aller à pied car, à certains endroits, on enfonçait dans la neige jusqu'aux genoux. La ville entière semblait être recouverte d'un tapis de damas blanc ; la neige s'était durcie et d'impressionnants glaçons acérés pendaient, comme des larmes, sous les pignons aux sculptures tarabiscotées. Ils tournèrent dans Cheapside. La grande artère, généralement encombrée d'éventaires et d'échoppes, était déserte. Les demeures marchandes, à deux ou trois étages, que soutenaient solidement d'énormes poutres de chêne étayant des murs en plâtre, étaient barricadées derrière leurs vantaux. Un manteau immaculé les recouvrait entièrement, sauf celles qui arboraient les armoiries de la Cité, un blason d'un éclatant vermillon frappé de l'effigie dorée d'un saint Paul aux bras, pieds et tête argentés. En effet, la neige n'avait pas tenu sur ces blasons qui étincelaient d'autant plus farouchement parmi la blancheur environnante. Un frère prêcheur les croisa rapidement, tel un fantôme. Son froc blanc l'aurait quasiment fait passer inaperçu dans le paysage de neige s'il n'avait eu une chape délicatement ouvragée abritant le viatique qu'il portait à un malade. Deux enfants de chœur fatigués le précédaient en luttant désespérément pour que leurs cierges restent allumés.

Sur la gauche, la masse austère et écrasante de St Paul s'élançait au-dessus des toits de la cité, sa haute voûte disparaissant sous la neige amoncelée. A cette vue, Corbett se mit à réfléchir à sa mission et se perdit dans ses pensées jusqu'à ce que, épuisés par leur pénible marche, ils atteignissent Shambles. C'est là que l'on chargeait sur des chariots les déchets, la graisse et autres détritus en provenance des boucheries pour aller les déverser dans la Fleet[1]. Une ou deux charrettes étaient déjà parties, laissant derrière elles des mares de sang d'un rouge éclatant; quant à l'odeur pestilentielle de l'endroit, même les intempéries ne pouvaient en venir à bout. Détournant le visage pour se protéger de la morsure du vent, Corbett et Ranulf franchirent la porte à doubles barres de Newgate, ouverte à présent. Ranulf cessa de jurer car c'est dans les bâtiments proches qu'il avait passé une nuit à attendre d'être pendu à Tyburn, des années auparavant[2]. Il sentit s'évanouir sa colère et chemina péniblement, baissant la tête sous la bise impitoyable et se demandant si cet horrible trajet allait durer encore longtemps. Après la porte de Newgate, ils longèrent, sur leur droite,

---

1. La Fleet était un ruisseau. *(N.d.T.)*
2. Voir *Satan à St-Mary-le Bow*, coll. 10/18, n° 2776. *(N.d.T.)*

l'immense fossé, profond de six pieds et large de sept pas à certains endroits, qui recueillait les immondices de la cité. L'été, la puanteur en était insoutenable, mais à présent c'était un terrain de jeux, complètement gelé, pour des gamins qui glissaient sur la glace avec des tibias d'animaux fixés sous leurs pieds en guise de patins. Sous la surface, Ranulf aperçut des cadavres de chats et de chiens et même, il en fut certain, le corps parfaitement constitué d'un enfant.

Ils traversèrent les champs de Smithfield en passant près de son bûcher noirâtre, avant de se diriger vers l'arche orgueilleuse marquant l'entrée de l'hôpital St Barthélémy. La porte était ouverte ; ils pénétrèrent dans la cour, longeant les immenses murs des communs — écuries, forge et réserves — pour arriver à l'escalier qui menait à l'hôpital proprement dit, une grande salle, longue et vaste. Corbett interpella un frère lai et lui demanda d'aller avertir le père Thomas de sa venue. Le vieillard opina et leur adressa un sourire d'une bouche édentée d'où coulait un peu de salive, puis il s'éloigna d'une démarche traînante. Ils attendirent en haut de l'escalier. Corbett sentait l'odeur d'herbes médicinales pilées, d'épices et autres substances qu'il ne pouvait identifier. Finalement, une haute silhouette voûtée et maigre apparut sur le seuil et s'avança vers Corbett, le visage rayonnant et les mains tendues en signe de bienvenue.

— Hugh ! Quel plaisir de vous revoir !

L'homme entoura les épaules de Corbett et l'étreignit avec force, le dominant de sa haute taille.

— Père Thomas, voici mon serviteur et compagnon, dit Corbett avant d'ajouter, sur un ton caustique : Ranulf-atte-Newgate.

Le père Thomas s'inclina, son visage chevalin, émacié et étroit, tout empreint de solennité courtoise, comme s'il venait d'être présenté au roi d'Angleterre. Lui et Corbett se connaissaient depuis leurs années d'études à Oxford. Le clerc avait toujours beaucoup admiré cet homme grand et laid, au regard affable et au sourire constant. Le père Thomas avait étudié à l'étranger, dans les hôpitaux de Paris et de Salerne, et sa connaissance des drogues et des herbes médicinales était sans pareille.

Il les fit entrer dans l'immense salle à la propreté irréprochable. D'épaisses tentures de laine décoraient les murs, les fenêtres étaient protégées par des vantaux sur lesquels on avait pendu de vastes draperies multicolores pour adoucir l'austérité de la pièce. De chaque côté de l'allée s'étendait une rangée de lits, doté chacun d'un tabouret et d'un petit coffre de cuir au pied. Des frères lais et des prêtres allaient silencieusement vers chaque malade en administrant des soins du mieux qu'ils pouvaient. Corbett était convaincu que la plupart des médecins ne soulageaient guère leurs patients, mais ici, au moins, grâce aux moines de St Barthélémy, les malades pouvaient s'éteindre dans la paix et la dignité. Le père Thomas les mena par un couloir jusqu'à une petite officine aux murs chaulés, dont le mobilier spartiate consistait en deux tables, un banc, quelques tabourets et une chaufferette pour lutter contre le froid. Sur des étagères s'entassaient des pots d'herbes en poudre dont les senteurs étaient exaspérées par l'air glacial de cette matinée d'hiver. Le père Thomas les invita à s'asseoir et leur servit du vin chaud dans des gobelets en bois. Ranulf eut des difficultés à l'avaler, mais le but quand même, avec gratitude. Une fois qu'ils furent à leur aise, le moine alla s'asseoir à la table et se pencha vers eux, le visage ridé par l'anxiété.

— Alors, Hugh, pourquoi désirez-vous me voir? Êtes-vous en bonne santé?

— Je viens vous parler poisons, mon père, répondit Corbett en s'amusant du regard scandalisé de l'ecclésiastique.

S'approchant de lui, il tapota les longs doigts osseux.

— Allons, mon père! Je ne suis pas venu me confesser et je n'ai pas l'habitude de discuter de poisons, mais j'aimerais que vous me disiez quelles en sont les différentes sortes.

Le père Thomas grimaça et d'une voix heurtée lui énuméra une liste de poisons et de drogues que l'on tirait des plantes, comme la belladone et la digitale. Il s'enflamma petit à petit pour son sujet et en vint à décrire dans le détail chaque substance: comment elles étaient fabriquées, comment on devait les administrer, quels étaient leurs effets secondaires et leurs antidotes. En l'écoutant, Ranulf, qui trouvait la plupart des termes difficiles à comprendre, se rendit soudain compte d'une chose: son cachottier de maître pensait que le prêtre qui, la veille, s'était écroulé mort dans la cathédrale, avait été empoisonné. De plus, tous les poisons mortels décrits par le père Thomas agissant en quelques minutes, Ranulf en déduisit que le meurtrier devait avoir frappé pendant la messe. Enfin, le moine se tut et Corbett le remercia d'un signe de tête.

— Vous connaissez probablement la raison qui m'amène ici?

Le père Thomas eut un geste désolé et fit signe que non.

— Nos tâches nous absorbent beaucoup, Hugh. Je suis très peu au courant de ce qui se passe, à part vos promotions, ajouta-t-il en souriant. Nous étions ensemble à l'université, il y a de cela si longtemps ! Oxford me paraît si loin... C'est étrange, poursuivit-il en contemplant les champs couverts de gelée par l'étroite fente de la fenêtre. Quand j'y repense, tout me semble avoir eu lieu au cœur de l'été. Vous savez, je ne me souviens pas d'avoir étudié pendant l'hiver ou quand il faisait froid. On aurait dit que le soleil brillait toujours.

Hugh sourit et approuva silencieusement. Toutes les fois qu'il repensait à ses années d'Oxford ou à sa vie avec Mary, chaque journée, chaque souvenir était associé à l'été, au chaud soleil, à l'herbe verte et luxuriante, au doux balancement des arbres dans la brise légère, au bavardage de sa petite fille et à la présence sereine de son épouse. Peut-être était-ce là la finalité de la mémoire : vous donner du baume au cœur, du courage et de la force pour l'avenir.

Il se leva en haussant les épaules et prit la tête du père Thomas entre ses mains pour l'embrasser doucement sur le front.

— Mon père, s'exclama-t-il, croyez-moi : notre amitié et nos souvenirs partagés m'aident à parcourir les chemins que je foule et qu'assiègent des forces mauvaises que vous ne pouvez même pas concevoir !

Le père Thomas se leva à son tour et emprisonna la main de Corbett dans les siennes en protestant que le clerc ne lui rendait pas assez souvent visite ; puis il les raccompagna à la porte d'entrée.

Suivi d'un Ranulf ronchonnant, Corbett retraversa la vaste étendue de Smithfield et repassa par Newgate. L'animation régnait à présent dans la cité : les éventaires étaient ouverts et les étals des échoppes, protégés des intempéries par de la toile, étaient abaissés. Ils croisèrent une file de prisonniers qu'on emmenait de la prison de Newgate au Banc du Roi à Westminster ; enchaînés les uns aux autres, des anneaux de fer enserrant leurs chevilles, leurs poignets et leur cou, les malheureux étaient obligés de trottiner dans la neige. Certains — jeunes garçons et filles — dépourvus de chaussures et de jambières poussaient des cris pitoyables lorsqu'ils se déchiraient les pieds sur les arêtes coupantes et les aspérités dues aux immondices pris sous la glace. Des ribaudes, arrêtées la veille par les baillis de la cité pour vagabondage sur la voie publique, franchissaient le seuil de la prison, leurs robes et capuchons écarlates abîmés ou en lambeaux, la tête affublée de coiffes blanches. Un unique joueur de cornemuse les précédait tandis que les encadraient deux rangées de soldats à l'air harassé et à la démarche traînante qui répliquaient par des gifles et des jurons grossiers aux plaisanteries obscènes et aux quolibets des filles. Une mendiante se précipita vers Corbett ; borgne, les narines rongées par quelque terrible maladie, elle serrait fortement contre sa poitrine un bébé qui vagissait.

— *Ayez pitié ! Ayez pitié*[1] *!*

Corbett s'arrêta. La pauvrette s'exprimait en français normand. Elle avait peut-être été, autrefois, dame de qualité, une maîtresse répudiée qui avait, petit à petit, dégringolé dans l'échelle sociale et se retrouvait à présent dans les bas-fonds et les taudis de la Newgate et de la Fleet.

1. En français dans le texte. *(N.d.T.)*

— *Ayez pitié!* répéta-t-elle.

Il fouilla dans son escarcelle et lui tendit deux pièces d'argent. Elle lui sourit et fit volte-face; Corbett s'aperçut alors que le paquet qu'elle portait n'était pas un bébé, mais un chaton. Cette femme était une mendiante professionnelle qui avait simulé, sur son visage, des plaies repoussantes pour susciter la pitié des passants.

Corbett rit jaune.

— N'est-ce pas étrange, Ranulf? Même quand on veut se montrer miséricordieux, on en est pour sa peine!

Ranulf eut un geste évasif. Il ne comprenait pas son maître, ni son geste spontané de générosité apparemment déplacé chez un homme qui, quelques heures plus tôt, l'avait tiré sans ménagements du lit pour le jeter dans la neige et le froid. Ils poursuivirent leur chemin, tournèrent à gauche pour descendre Old Dean's Lane, Bowyer's Row et Fleet Street vers le sud, avant de longer le grand fossé dont les détritus affleuraient à la surface gelée et de passer devant White Friars, le Temple, Gray's Inn et les riches demeures des hommes de loi, aux poutres à bouts dorés, puis d'arriver à la grande artère menant au palais et à l'abbaye de Westminster. Il y régnait une agitation frénétique : des juristes au capuchon rayé, des juges en robe rouge bordée d'hermine et précédés par leurs huissiers, des baillis, des officiers et quelquefois un chevalier banneret de la Maison du roi, tous arboraient cet air important et pressé qu'affectionnent les notables pour bien souligner leur rang et faciliter l'exercice de leur fonction.

Corbett et Ranulf se frayèrent un chemin dans la

cohue, dépassèrent la tour de l'Horloge et gravirent l'escalier large et majestueux qui menait au Grand Hall de Westminster. Ce n'était pas la première fois que Corbett y venait. Il travaillait la plupart du temps à la Chancellerie de l'hôtel du roi qui s'établissait là où le souverain décidait de tenir sa cour, parfois à Eltham, sur la rive sud, parfois à la Tour ou au palais de Sheen, ou encore dans l'un des manoirs royaux d'un comté lointain. Mais ils revenaient toujours à Westminster. C'est là, dans les recoins du Grand Hall, que se tenaient les différentes cours, l'Échiquier, les Plaids communs, et, sur l'estrade, le Banc du Roi où le Chef-Juge[1], assisté par des juges royaux, rendait la justice au nom du monarque. Tout un dédale de couloirs, bureaux et petites chambres partait du Grand Hall et chacun — messager, maître des comptes, rapporteur, maître de travaux, maître de l'hôtel du roi, chambellan — régnait sur son petit empire.

Corbett se félicitait d'être temporairement délivré des querelles qui dominaient la vie de bureau, car en tant que haut magistrat à la Chancellerie, il passait constamment d'un service à l'autre. Il était généralement aux côtés du roi lorsque celui-ci apposait le Grand Sceau d'Angleterre sur des chartes, en présence de grands barons qui ratifiaient le document. A de rares occasions, il se trouvait seul avec le souverain quand il s'agissait d'envoyer, sous sceau privé, des courriers à de hauts dignitaires, shérifs,

---

1. *Chief Justice* : équivalent du ministre de la Justice sous Édouard Ier. Les *justiciars* étaient des délégués de l'État exerçant un pouvoir administratif et judiciaire sous les Normands et les Plantagenêts. *(N.d.T.)*

baillis ou officiers de recrutement dans les comtés. Son travail lui plaisait. Il était passionné par l'étude des manuscrits, la préparation du vélin, l'écriture ; il prenait un certain plaisir à écrire sur du beau parchemin, bien poncé ; il aimait l'odeur de l'encre séchée et la vue de la plume taillée. Il se réjouissait quand on lui apportait des lettres à recopier et éprouvait de la satisfaction en lisant les réponses adéquates, prêtes à être expédiées.

C'était la troisième ou la quatrième fois que le roi lui confiait certaines tâches spéciales. Corbett, eût-il été honnête avec lui-même, aurait admis qu'il avait peur. Ses missions précédentes l'avaient entraîné à l'étranger ou dans les bas-fonds sinistres de Londres où il s'était heurté à de puissants personnages. Il avait dû déjouer des complots au pays de Galles et en Écosse ainsi que des tentatives d'assassinat. Il ne se faisait guère d'illusions : tôt ou tard il échouerait lamentablement, encourant ainsi la colère du roi, ou serait victime d'un grave accident. Qu'arriverait-il alors ? Le monarque pouvait très bien le rejeter comme un vieux chiffon ou un bout de parchemin inutile et il serait balayé comme les feuilles de l'été passé, écarté et vite oublié. Et à qui manquerait-il ? A sa manière, il aimait bien Ranulf, mais ne se leurrait pas sur les sentiments de son serviteur. Il n'y avait que Maeve, au pays de Galles. Corbett s'arrêta pour contempler, yeux plissés, une des grandes baies du Hall. On était à la mi-janvier et leur dernière rencontre datait de l'automne précédent. La sensation du temps écoulé ne fit qu'accroître son désir douloureux d'être près d'elle. S'il se laissait aller à penser au visage serein de Maeve, à sa blonde chevelure ou à son corps aux rondeurs parfaites, le plaisir qu'il ressentirait serait immédiatement suivi d'un profond accès de noire mélancolie. Il savait ne pas pouvoir se rendre au pays de Galles et les intempéries l'empêchaient, elle, de venir à Londres. Il lui fallait mener sa mission à bien et accepter ce que le sort lui réserverait.

Peut-être était-ce là la raison de sa peur : à présent, il avait soif de vivre plus que jamais. Il redoutait la mort, craignant qu'un événement quelconque l'empêchât de revoir Maeve, de l'épouser et de partager sa vie. Car qu'adviendrait-il s'il mourait ? A quoi serviraient ses logements de Bread Street ou d'Aldermanbury, ou ses autres biens — le coffret marron, soigneusement scellé et déposé chez l'orfèvre de Cheapside et le manoir en ruine et désert du Sussex ? A quoi bon si son corps pourrissait dans une fosse commune ou quelque caniveau de Londres ?

Il rejeta les pans de sa cape sur ses épaules et toucha machinalement le long poignard qui pendait à son baudrier. Il fut immédiatement accosté par un officier à la coupe de cheveux impeccable, vêtu d'un pourpoint et de chausses bleu et écarlate. Brandissant son bâton blanc d'huissier du Grand Hall, l'homme mit la main sur la poitrine de Corbett pour lui signifier de ne pas aller plus avant. Sa mine suffisante rayonnait à l'idée d'exercer un pouvoir quelconque et il se rengorgeait comme un petit moineau. Corbett aurait éclaté de rire en d'autres circonstances, mais cette fois-là, il regarda le visage porcin avec colère :

— Vous m'arrêtez, Messire ?

— Je vous arrête, répliqua le pompeux imbécile, parce que vous êtes armé, ici, près du Banc du Roi, et que cela constitue un délit.

Il claqua des doigts en direction des hommes d'armes qui les observaient pour qu'ils vinssent arrêter Corbett, mais ce dernier abattit vigoureusement ses mains sur les épaules de l'huissier avec un bruit sourd.

— Comment vous appelez-vous ? demanda Corbett.

Une lueur de méfiance brilla dans les yeux de son interlocuteur. Corbett n'était ni ivre ni apparemment fou. Seul un homme sûr de son fait oserait agir ainsi avec un représentant du pouvoir royal.

— Comment vous appelez-vous ? répéta Corbett sévèrement.

— Edmund de Nockle, répondit l'outrecuidant personnage.

— Eh bien, Edmund, martela Corbett en serrant son épaule jusqu'à ce qu'il vît l'autre grimacer de douleur, moi, je m'appelle Hugh Corbett. Je suis haut magistrat à la Chancellerie royale et envoyé spécial pour toutes affaires relevant du sceau privé. Si vous voulez m'arrêter, c'est votre droit le plus strict, mais je vous préviens qu'avant la tombée du jour, je serai de nouveau dans ce Hall avec épée et poignard tandis que vous, fier imbécile, vous serez enchaîné dans la prison de Marshalsea.

L'huissier allait s'excuser, mais Corbett n'en avait pas fini avec lui.

— Maintenant, Messire de Nockle, veuillez nous conduire jusqu'au roi !

Le visage rouge de confusion, l'huissier fit volte-face sans vouloir entendre les ricanements de Ranulf. A sa suite, ils quittèrent le Grand Hall, descendirent un escalier et longèrent un couloir tortueux. Corbett savait parfaitement où se trouvait le souverain. La chambre royale était située près du bureau où l'on gardait lettres et sceaux. Nockle s'approcha d'une lourde porte, fermée par des barres de fer, et frappa doucement, mais Corbett, décidant qu'il en avait assez, le repoussa et tambourina. Il entendit le roi lui dire d'entrer. Il ouvrit et pénétra dans la pièce, Ranulf sur ses talons.

CHAPITRE VII

Assis sur un énorme coffre au fond de la pièce, le souverain était entouré de rouleaux de parchemin et de vélin jonchant le sol. Le feu ronflait dans la cheminée et l'âtre était parsemé de débris de bois et de charbon. Corbett fut immédiatement frappé par la chaleur intense qui régnait dans la salle ; de fait, on avait fermé les volets et allumé au moins trois braseros supplémentaires. Les clercs travaillant à de longues tables semblaient regretter d'avoir revêtu maintes couches de vêtements. Le roi dictait plusieurs lettres à la fois, interrompant souvent une dictée pour en commencer une autre — les quatre scribes étaient tous en train d'écrire. Corbett avait déjà assisté à ce spectacle étonnant : le roi passait d'un sujet à l'autre, d'une missive exigeant d'un shérif qu'il comptabilise de façon plus rapide et exacte les revenus d'un comté, à celle priant un cardinal de Rome d'intercéder auprès de Sa Sainteté pour telle ou telle affaire.

A l'entrée de Corbett, il se leva et congédia ses secrétaires de sa voix de stentor. Il n'eut pas à le dire deux fois : ils laissèrent tomber leurs plumes et quittèrent la pièce à la queue leu leu, l'air soulagé. Le souverain remplit deux hanaps à ras bord et les apporta à Corbett et Ranulf. Le clerc bafouilla des remerciements et avala le vin goulûment. Édouard surprenait toujours Corbett. Il se montrait parfois arrogant, mais il pouvait aussi se rappeler un détail insignifiant concernant un simple serviteur et même se déranger en personne pour le confort d'un subalterne de sa Maison.

Ce jour-là, il semblait être de cette humeur. Il fit signe à Corbett et à Ranulf de s'asseoir sur un banc.

— Vous avez été fort matinal aujourd'hui, Messire !

Le roi éclata de rire en voyant la mine stupéfaite de son clerc.

— J'ai envoyé un messager chez vous, mais vous étiez déjà sorti. Avez-vous commencé votre enquête sur l'affaire de St Paul ?

— Oui, Sire.

— Et qu'avez-vous découvert ?

— Peu de chose.

Corbett vit le regard du roi s'assombrir et eut à nouveau conscience de son caractère lunatique.

— Je veux dire, Sire, que j'en ai appris un peu plus. Il est certain que Montfort a été empoisonné, mais le produit utilisé a sûrement dû être versé pendant le sacrifice de la messe, probablement pendant la communion des célébrants. Il est mort quelques minutes après l'avoir absorbé.

— Savez-vous qui est responsable ?

— Cela peut être chacun d'entre nous, Sire. On avance même votre nom.

Le monarque s'approcha si près de Corbett que celui-ci sentit l'odeur de sa transpiration mêlée à celle d'un parfum rare.

— Qu'insinuez-vous, Hugh ?

— Sire, vous avez bien fait parvenir du vin à Montfort la veille de la cérémonie ?

— Oui, répondit le souverain avec méfiance.

— C'est Fulk Bassett qui en était chargé, n'est-ce pas ?

— En effet, confirma rapidement le roi en observant attentivement Corbett et en jetant des regards en biais à Ranulf, comme s'il regrettait sa générosité passée et désirait le congédier sur-le-champ.

Ranulf le comprit. Il reposa son hanap, bondit sur ses pieds, salua le roi et quitta gracieusement la pièce à reculons en murmurant qu'il avait oublié quelque chose dans le Grand Hall, et si son suzerain et Messire Corbett voulaient bien l'excuser... Il n'acheva pas sa phrase, mais ouvrit la porte et s'enfuit dans le couloir, en laissant son maître affronter seul la colère d'Édouard. Corbett attendit qu'il fût sorti pour reprendre :

— Sire, le vin que vous avez envoyé contenait le même poison que celui qui a tué Montfort. Je n'en connais pas la composition exacte : de l'arsenic, de la belladone, du suc de digitale ? Peut-être les trois. On a retrouvé dans la gourde le même poison qu'a bu Montfort pendant l'office divin.

— Me croyez-vous capable de verser du poison dans du vin ? s'exclama le monarque.

— Non, Sire, mais quelqu'un s'en est chargé pour faire croire à votre culpabilité. Qui sait, peut-être Bassett ?

Le roi fit un signe de dénégation.

— Bassett ne ferait rien, même pas respirer, sans un ordre venant de moi, lança-t-il d'un ton tranchant. Mais vous, Corbett, est-ce là votre avis ?

— Non, Sire.

— Pourquoi?

— Parce que Montfort a absorbé un poison très violent. Comme je vous l'ai dit, il est mort en quelques minutes. Or la gourde avait été ouverte la veille.

— Il aurait pu boire le vin juste avant la messe.

— Non, Sire. Vous oubliez la règle canonique qui veut que celui qui communie ou célèbre la messe ne doit ni manger ni boire après minuit.

Le roi haussa les épaules. Certains ecclésiastiques de sa connaissance se gardaient bien de faire ce qu'ils exigeaient des autres.

— De plus, Sire, insista Corbett, s'il avait bu, il n'aurait jamais atteint l'autel vivant.

Le roi acquiesça:

— Donc on dirait, commença-t-il en fixant, les yeux plissés, la lueur filtrant par l'interstice d'un volet, on dirait que l'on a voulu se débarrasser de Montfort et que l'on s'y est pris de telle façon que j'apparaisse comme le coupable. Et, par ailleurs, dites-vous, il se peut que ce soit moi que l'on visait. Peut-être n'existe-t-il pas de solution?

— Oh si! répliqua Corbett avec conviction. S'il y a un problème, il y a une solution! Nous devons découvrir qui a versé le poison et quand. La réponse à une de ces deux questions nous mènera à la vérité.

Le roi alla se rasseoir sur le banc, jambes écartées, tête dans les mains. Il se frotta le visage — un de ses gestes habituels — et joua avec l'une de ses nombreuses et précieuses bagues. Puis il leva les yeux vers Corbett.

— Je vous connais bien, Hugh. Vous n'êtes pas venu jusqu'ici pour m'exposer des évidences. Vous voulez me poser une question bien précise, n'est-ce pas?

— En effet, Sire.

— Alors, allez-y, pour l'amour de Dieu ! rugit le monarque.

Corbett prit sa respiration.

— Je ne crois pas que l'on puisse imaginer, Sire, que vous avez empoisonné le vin envoyé à Montfort, mais on peut se demander pourquoi vous lui avez fait parvenir cette gourde.

Le roi répondit, avec un haussement d'épaules :

— Un cadeau, un gage de réconciliation.

Corbett se leva et approcha un tabouret de son maître :

— Sire, vous savez que je suis un serviteur loyal de la Couronne.

Édouard lui lança un coup d'œil méfiant.

— Sire, répéta le clerc, je vous assure que je suis un serviteur loyal, mais si vous voulez trouver la vérité, je vous prie respectueusement de me dire la vérité ! Vous détestiez les Montfort. Vous haïssiez le doyen de St Paul, qui allait condamner votre projet de taxation devant l'Église d'Angleterre réunie. Ses paroles auraient été rapportées au pape à Avignon, au roi Philippe à Paris, aux archevêques et évêques d'Écosse et du pays de Galles. Alors pourquoi lui avoir envoyé ce vin ?

Corbett s'humecta les lèvres.

— Ce n'était pas en vue de le soudoyer, bien sûr, pas un homme du statut de Montfort ! Il aurait fallu toute la richesse d'une abbaye pour corrompre quelqu'un comme lui !

Le roi sourit.

— Vous êtes perspicace, Corbett. Quelquefois trop.

Il se leva et se mit nerveusement à faire les cent pas dans la pièce.

— Mais vous vous trompez ! Montfort n'allait pas me critiquer. Je l'avais déjà suborné, en fait, déjà « acheté ». Dans son homélie, il n'allait pas attaquer les revendications de la Couronne sur les revenus de l'Église, mais les défendre.

Le monarque s'interrompit pour observer l'ébahissement de Corbett.

— Vous voyez, Hugh, vous vous considérez probablement comme un honnête homme, un incorruptible. Vous commettez l'erreur de croire que les autres agissent ou pensent comme vous. Mais il n'en est rien.

Le souverain fit tinter les pièces dans l'escarcelle qui se balançait à la ceinture dorée, rehaussée de pierres fines, qui lui enserrait la taille.

— De l'or et de l'argent, Corbett. J'ai suborné Montfort moitié avec des dons, moitié avec des menaces.

— Et le vin ?

— Le vin, c'était pour sceller notre accord. Montfort appréciait les petits plaisirs de ce bas monde. Votre enquête démontrera que j'avais vu juste. Vous comprenez, Hugh, hier j'étais en colère, non pas à cause de sa mort, mais parce qu'il n'avait pas vécu assez longtemps pour prononcer cette homélie que je lui avais « achetée ». C'est moi, pour ainsi dire, qui l'avais rédigée, chapitre après chapitre ! Elle commençait par un rappel historique, montrant comment l'Église de ce pays avait toujours soutenu la monarchie et comment Erconwald lui-même, évêque de Londres, cet éminent Saxon dont le sarcophage se trouvait près de moi hier, avait tout fait pour la cité, le souverain et le royaume.

« J'enrage encore de la disparition de Montfort et

il me faut découvrir le coupable. L'a-t-il supprimé pour des raisons relevant de sa vie privée, ou parce qu'il savait que je l'avais circonvenu? Montfort était à moi, corps et âme. Son assassin est mon ennemi et — j'en suis persuadé — siège tout près, voire à la droite de Robert Winchelsea, ce fourbe pompeux et pédant d'archevêque de Cantorbéry!

La respiration d'Édouard se fit haletante et Corbett remarqua qu'il était au bord d'un de ses fameux accès de rage, frappant ses mains l'une contre l'autre et arpentant la pièce d'un pas plus vigoureux.

— Je peux supporter les évêques qui me tiennent tête pour de justes raisons, Corbett, mais pas Winchelsea! C'est un comploteur sournois qui s'éclipse souvent pour Rome ou Avignon et se donne des allures de saint, de Becket en habits somptueux. C'est un politique qui conspire contre moi. Il voudrait que je sois son obligé. Il se considère comme le défenseur des libertés de l'Église. Je suppose, dit le roi en crachant presque ses mots, qu'il aimerait assez finir comme Becket! S'il ne prend garde, c'est ce qui va lui arriver!

Corbett haussa les épaules. Le souverain qui le scrutait alla s'asseoir sur un coffre face à lui, sa colère apparemment envolée.

— Vous semblez surpris, Corbett!

— Je le suis effectivement, Sire! Si j'accepte ce que vous me dites, je dois aussi accepter l'hypothèse selon laquelle on a tué Montfort après avoir découvert qu'il avait été suborné. Je persiste à croire, néanmoins, que c'est vous que l'assassin voulait frapper.

— Et il a réussi, souligna le roi en riant jaune. Il a empêché Montfort d'intervenir en ma faveur, tout en me faisant endosser la responsabilité du meurtre. Brillante manœuvre, Corbett, subtil stratagème!

Corbett hocha la tête.

— Je crois que c'est pire que cela. Il y a un assassin dans cette ville, Sire, qui veut votre mort. Montfort n'était qu'un moyen pour arriver à ses fins. Je pense, en fait, que le complot a mal tourné. J'espère pouvoir le prouver un jour.

Le roi se pencha et tendit un doigt menaçant vers Corbett, allant presque jusqu'à lui toucher le visage.

— Donnez-moi un commencement de preuve!

— En voici une : le vin que vous avez envoyé. Pourquoi a-t-on fait la bêtise de l'empoisonner après la mort de Montfort et l'absence d'homélie? Pourquoi cet empoisonnement que l'un des chanoines de St Paul et moi-même sommes seuls à connaître?

Corbett se mordilla la lèvre.

— Vous voyez, Sire, l'assassin a commis une erreur fatale. Il a été pris de panique, car le vin a été empoisonné non pas avant la mort de Montfort, mais après, pour donner l'impression que vous en étiez responsable.

Le roi se passa les mains sur le visage et Corbett attendit qu'il reprît la parole.

— Eh bien, eh bien, Hugh, conclut-il, si vous avez encore des doutes, il vaut mieux que vous continuiez l'enquête.

— C'est ce que je vais faire, Sire, mais...

Le roi lui jeta un coup d'œil perçant.

— Mais... répéta fermement le clerc, il faudrait que vous me fassiez part, dorénavant, de tous les renseignements sur Montfort. Si j'avais su hier ce que vous m'avez révélé aujourd'hui, cela m'aurait facilité la tâche!

Le roi traversa la pièce pour aller regarder au-dehors par la fente d'un des volets. La belle roseraie de Westminster était ensevelie sous un épais manteau de neige. Rien ne poussait, ni plantes ni herbe. Cette entrevue l'ennuyait à présent. Il redoutait les hommes comme Corbett, des hommes issus de nulle part, à l'esprit affûté comme un rasoir, des hommes qu'on ne pouvait corrompre. Édouard était sûr, au fond de son cœur, que s'il lui confiait une mission qui allait à l'encontre de ses principes, le clerc la refuserait. S'il s'apercevait d'une irrégularité à rectifier, il le ferait pour obéir à sa conscience, quels que fussent les désirs du roi, Édouard n'avait aucun doute là-dessus. Le souverain avait du respect pour Corbett, tout en le considérant comme un pédant légèrement pharisien. Édouard soupira. Il ne se souciait pas vraiment de savoir qui avait assassiné ce pauvre Montfort, ce prêtre mercenaire et vil ! Il savait qu'on pouvait suborner ce genre d'hommes avec n'importe quoi, une maison, de l'or, des nominations à des postes élevés. Ce qu'il voulait ardemment découvrir, c'était l'identité de ceux qui avaient fait échouer son projet qui visait à la déconfiture de Winchelsea. La rage bouillonnait encore dans ses veines, il le sentait. Oh ! avec quel plaisir il aurait écouté l'homélie de Montfort et joui en silence de la stupéfaction qui se serait lue sur le visage de Winchelsea et des évêques moralisateurs ! Voilà ce qu'il aurait voulu ! Et surtout, il lui fallait l'argent que recelaient les coffres archipleins de l'Église pour lancer de nouvelles attaques contre les Écossais à partir des Marches, équiper une flotte et l'envoyer en Flandre[1], faire traverser à ses armées les frontières

---

1. Le comté de Flandre était une puissance dont l'alliance était recherchée par l'Angleterre et la France. *(N.d.T.)*

nord de la France et donner une bonne leçon au roi Philippe en lui apprenant à ne pas toucher aux possessions anglaises. C'était encore possible. Peut-être Corbett réussirait-il, ou du moins l'aiderait-il à réussir. Le roi se tourna vers son clerc, un sourire aux lèvres.

— Messire, je ne peux rien vous dire de plus, mais vous avez notre promesse que tout ce que vous ferez pour débusquer cet immonde assassin sacrilège recevra notre soutien, quel que soit le temps que vous y consacrerez.

Comprenant que c'était le moment de prendre congé, Corbett se leva en saluant le roi et sortit à reculons. Dans le couloir, il se permit un long soupir de soulagement. Il savait parfaitement qu'Édouard ne l'aimait pas beaucoup, mais il avait la ferme intention de lui montrer que, de son côté, il ne lui faisait pas du tout confiance. Il entendit une porte s'ouvrir et fit volte-face. Le roi se tenait sur le seuil, souriant comme un père indulgent.

— Messire Corbett, s'écria-t-il, à propos de votre fiancée galloise, Maeve ap Morgan...

Corbett attendit en opinant.

— ... si cette affaire est résolue, nous vous laisserons quitter notre service pour que vous puissiez aller la retrouver.

Le roi souriait toujours.

— En fait, si tout se règle rapidement, nous ferons en sorte qu'elle vienne ici, à Londres, à la cour. Bien sûr, si vous échouez...

Le roi se mordilla les lèvres comme s'il répugnait à poursuivre.

— Mais, ajouta-t-il d'un ton lourd de sous-entendus, nous sommes sûr que vous ne nous décevrez pas !

Corbett salua derechef. La porte se referma. Il pivota sur ses talons avant de longer le couloir à grandes enjambées, conscient de la promesse du souverain autant que de sa menace sous-jacente.

Il passa le reste de la journée dans son bureau, à rédiger, au nom du roi, des brouillons de mandats qui certifiaient que le clerc Hugh Corbett avait toute autorité pour agir en certains domaines et que les shérifs, baillis et autres officiers qui devaient allégeance au roi étaient tenus de lui porter aide et secours. Une fois ces lettres mises en forme et recopiées par le principal assistant de Corbett, William Hervey, petit homme discret comme une souris, elles furent envoyées au roi pour que ce dernier les approuve et y appose son sceau. Corbett régla d'autres questions mineures, donna ses ordres à ses subordonnés, expédia un serviteur à la recherche de Ranulf et ordonna à Hervey de le retrouver devant le portail de St Paul le lendemain matin, juste après prime. Le petit homme opina vigoureusement du bonnet. Il aimait beaucoup Corbett qui le protégeait et lui confiait des tâches spéciales. En même temps, l'aisance avec laquelle son supérieur pouvait approcher le souverain et les grands barons l'emplissait d'une crainte respectueuse. Corbett, quant à lui, avait une totale confiance en Hervey. Ce dernier avait pratiquement élu domicile à la Chancellerie, et ses doigts étaient constamment tachés d'encres colorées et de graisse provenant de la cire utilisée. Il n'avait pas de vie, pratiquement, en dehors de son métier; plus d'une fois, Corbett avait dû le réveiller et l'envoyer dormir chez lui, dans son logement solitaire de Candlewick Street.

Une fois tout réglé, Corbett retrouva Ranulf dans

le Grand Hall qui se vidait à présent de ses dignitaires, juges et hommes de loi. Ils regagnèrent Bread Street en s'arrêtant dans une pâtisserie où Corbett acheta des petites tourtes chaudes farcies aux herbes et aux morceaux de lapin juste rôtis. Ils les dévorèrent avec plaisir, la sauce leur dégoulinant sur le menton tandis qu'ils marchaient d'un pas alerte. Au coin de Bread Street, Corbett entraîna Ranulf dans une taverne où ils soupaient fréquemment, en général d'un ragoût garni de légumes. C'est ce qu'ils firent ce soir-là. Une fois que Ranulf eut mangé et bu tout son saoul, en se gardant néanmoins des excès de la veille, il s'en alla flâner dans les rues pour se livrer à son passe-temps habituel : la conquête de l'épouse ou de la fiancée d'autrui. Corbett resta seul, le regard à nouveau plongé dans les ténèbres.

Ranulf aurait donné la moitié de son or pour savoir ce que pensait le clerc ; pourtant, cela aurait été de l'argent perdu car Corbett se contentait de méditer sur ce que le roi avait dit et de songer à la réunion du lendemain. Il espérait que Hervey s'assurerait de la présence au chapitre de tous les chanoines dont il avait dressé la liste. Ayant passé en revue les moindres détails, pratiquement sûr que tout se déroulerait sans anicroches, Corbett revint au problème de Maeve. Il était tellement absorbé dans ses pensées qu'il ne remarqua même pas la sombre silhouette encapuchonnée qui, assise dans un coin éloigné de la taverne, lui lançait des regards furieux et sinistres.

CHAPITRE VIII

Il ne neigea pas cette nuit-là. Les brigands se réjouissaient de cette chance en quittant le couvert des halliers à la lisière de la forêt d'Epping et en suivant précautionneusement le sentier recouvert d'une mince couche de neige durcie, déjà piétinée et éparpillée par les rares charrettes qui avaient bravé les intempéries. Ils allaient en silence, tous les six, armés jusqu'aux dents et bizarrement accoutrés de grossières broignes en cuir sur des chemises de dentelle sales prises à leurs victimes ou dérobées lors de pillages, d'épaisses chausses en laine enfoncées dans de hautes bottes et de capes de diverses couleurs étroitement serrées autour d'eux. Chacun portait plusieurs poignards et épées à son large baudrier de cuir, et leur chef, Robert Fitzwarren, arborait une rondache et un casque conique en acier. C'était son équipement depuis le jour où, bien des années auparavant, il avait échappé aux officiers de recrutement. Ceux-ci voulaient l'expédier en Écosse avec les armées du roi, mais Fitzwarren en avait décidé autrement : il avait tué le commandant de la troupe, dérobé son argent, saisi toutes les armes qu'il avait pu et s'était enfui dans la sombre forêt d'Epping.

Cela faisait des années qu'il vivait en hors-la-loi et

son activité criminelle était devenue une affaire rentable. La région regorgeait de bandits de grand chemin, d'hommes sans foi ni loi, de serfs en fuite, de déserteurs, de truands des villes, d'assassins, de parjures, de blasphémateurs. Fitzwarren était devenu leur chef. Bien sûr, il y avait eu des pertes en hommes, des embuscades qui avaient mal tourné, des dénonciations dans les tavernes et les auberges par des filles qui s'étaient crues trahies, mais Fitzwarren s'en était toujours sorti et continuait à attirer d'autres hors-la-loi comme la flamme d'une bougie attire les phalènes.

Sa bande s'était réduite, cependant, à moins de dix hommes. Il était devenu difficile d'attraper du gibier et même plus dangereux de lancer des attaques contre des fermes isolées. Les paysans, ayant appris à le redouter, avaient pris des mesures pour protéger leur famille et leur bétail la nuit. Au printemps et en été, lorsqu'il y avait de plus nombreux passages sur les routes, les bons coups étaient plus faciles, mais, là aussi, la réputation de férocité de Fitzwarren s'était répandue assez loin. Les gens ne voyageaient presque plus seuls, mais en convoi, généralement escortés par au moins trois ou quatre soldats d'un château ou d'un manoir fortifié. La chance néanmoins semblait lui sourire à nouveau. Autrefois, quand il attaquait un voyageur, un convoi ou une ferme, il ne pouvait s'emparer que du strict minimum — provisions, armes, vêtements — et profiter des charmes de ses prisonnières. C'est ainsi qu'il avait vécu, comme un animal, au jour le jour, jusqu'au moment où il avait rencontré le prêtre et où avait commencé pour lui une nouvelle aventure. Il lui suffisait à présent de faire main basse sur des biens précieux et de les apporter à Londres où le prêtre les revendait. C'était une relation des plus bénéfiques qu'entretenait Fitzwarren de toute la force de sa cupidité et de sa roublardise. Lorsqu'il aurait amassé assez d'argent, qu'allait-il faire ? Acheter son pardon, peut-être ? Revenir dans le giron de la société ? Rejoindre le troupeau qu'il avait si souvent dépouillé ?

Ce matin-là, pourtant, il était fou de rage et la fureur l'avait poussé à quitter l'abri de la forêt avec ses cinq compagnons les plus proches. Ils avaient suivi l'orée du bois autant que faire se peut, mais pour approcher du manoir de Cathall, près du village de Leighton, ils allaient devoir s'aventurer à découvert. Suivant les instructions strictes de Fitzwarren, ils s'étaient bien armés, en particulier d'arbalètes et de carquois remplis de carreaux redoutables.

En arrivant au croisement, Fitzwarren les renvoya sous le couvert et expédia le plus jeune en reconnaissance. Tel un renard en chasse, le brigand s'avança à pas comptés, l'oreille aux aguets, gêné momentanément par l'éclat aveuglant de la neige. Il guettait la moindre tache de couleur, le moindre détail qui l'avertirait de ne pas aller plus loin. Comme les autres, il avait peur de Fitzwarren. Leur chef ne tolérait pas l'échec. Ceux qui s'opposaient à lui ou échouaient dans une mission ne devaient s'attendre à aucune pitié. Le jeune homme ressentait déjà quelque nervosité à quitter l'abri de cette forêt où il passait le plus clair de son temps, protégé par la pénombre et l'absence de sentiers ; les poursuivants s'y égaraient facilement, disparaissaient à jamais, enlisés dans les marécages ou les fondrières. Fitzwarren, lui, connaissait les sentiers secrets et s'y tenait. Aussi le jeune homme était-il bien conscient que, pour que leur chef les emmenât hors de la forêt et si loin à découvert, il fallait que leur mission fût de la plus haute importance.

Le brigand s'approcha furtivement du croisement. Celui-ci était désert et le sentier continuait à la lisière. Il ne vit ni n'entendit rien de suspect. Il regarda la potence à trois bras dont la noire silhouette se détachait sur le ciel bleu clair. Trois corps s'y balançaient, chargés de chaînes, châtiment réservé à ceux qui s'étaient rendus coupables de vol doublé d'assassinat. Le jeune homme grimaça, dévoilant une rangée de dents jaunes qui noircissaient. Il connaissait ces trois hommes. Ils avaient fait partie de la bande de Fitzwarren, mais avaient désobéi à ses ordres, aussi Fitzwarren les avait-il remis aux baillis du shérif de Chelmsford en empochant la récompense. Les bandits avaient été pendus un soir de l'été précédent et leurs corps se balançaient, décomposés depuis belle lurette, les yeux « cavés » par les corbeaux affamés. Seuls leurs os blanchis gémissaient doucement dans leurs fers et s'entrechoquaient comme pour protester contre la présence du délateur. S'étant assuré de l'absence de tout danger, le jeune hors-la-loi fit un geste de la main et fut vite rejoint par son chef et ses compagnons.

La bande marcha ensuite à la queue leu leu sur le sentier de la lisière qui menait au sommet de la colline. Là elle s'arrêta et Fitzwarren observa le manoir désert, son énorme mur d'enceinte et sa porte barrée. Il parcourut les alentours du regard. Aucun signe, aucun mouvement : l'endroit était vide. Les seules traces d'habitation étaient de fins panaches de fumée qui s'élevaient à l'horizon, là où, dans les villages environnants, on avait mis les marmites sur le feu. Il attendit un moment ; il jouissait d'un point de vue parfait sur le manoir. Le corps de logis formait une cour avec les communs bâtis en parallèle. En temps normal il y aurait eu un va-et-vient incessant de palefreniers, de garçons d'écurie et de forgerons, mais aujourd'hui tout était désert, car c'est ce qu'avait désiré le prêtre. Certain qu'il n'y avait pas de danger, Fitzwarren, suivi de ses compagnons, descendit la pente neigeuse. Évitant la porte principale, ils contournèrent furtivement, comme des chiens, la courtine d'enceinte jusqu'à une petite poterne. Celle-ci était ouverte, comme à l'accoutumée. Ils se glissèrent dans la cour, transformée en un véritable bourbier. Fitzwarren examina soigneusement quelques traces, mais ne vit rien de suspect. L'écurie, l'étable et la grange étaient vides, et le feu de la forge éteint depuis longtemps. Il leva les yeux et aperçut à l'étage une courtepointe rouge enfoncée dans une meurtrière, le signal indiquant que la voie était libre. Ils s'avancèrent jusqu'à la porte d'entrée et frappèrent en toute confiance. Des pas résonnèrent dans le couloir et la porte s'ouvrit toute grande sur le régisseur, Thomas Bassingham, dont le maigre visage anxieux se fendit d'un sourire obséquieux et hésitant. Derrière lui, sa femme essuyait ses mains grassouillettes sur un tablier blanc.

— Bienvenue, Messire Fitzwarren, bredouilla-t-il.

Un rictus aux lèvres, Fitzwarren le repoussa et pénétra dans le manoir. Il traversa la grand-salle pour gagner la cuisine et la laiterie. Il n'y avait pas de feu, selon les instructions, mais au moins le régisseur avait-il eu le bon sens de disperser des chaufferettes dans la pièce et d'emplir de braises un brasero rouillé. L'épouse de Bassingham, terrifiée à la vue de ces mines patibulaires, leur servit en silence des viandes froides, du fromage et des pichets de bière éventée et coupée d'eau. Les hors-la-loi dévorèrent leur nourriture à grand bruit en lui ordonnant, par gestes, de les resservir. Lorsqu'ils furent rassasiés, Fitzwarren, assis au haut bout, dans la grande chaise en chêne, s'étira, rota bruyamment et abattit ses mains sur la table.

— Eh bien, Maître Bassingham, s'exclama-t-il, avez-vous des nouvelles de votre maître?

Le régisseur avait l'air harassé. Fitzwarren le dévisagea plus attentivement. Il remarqua les rides nées de l'anxiété, les yeux cernés, les joues mal rasées.

— Il y a quelque chose qui ne va pas, hein? lança-t-il d'un ton menaçant.

Bassingham fit signe que oui.

— Je suis revenu de la ville aussi vite que j'ai pu, bêla-t-il. Je n'ai pas arrêté de voyager. Les chemins sont quasiment impraticables. Mon cheval...

— Ton cheval...?

— Je ne l'ai pas amené jusqu'ici, acheva le régisseur d'une voix douce. La neige est si épaisse! Ma femme, elle, me croyait mort!

— Elle aura le temps de le souhaiter plus d'une fois si les nouvelles que tu m'apportes ne sont pas bonnes!

— Ce n'est pas de ma faute, s'écria Bassingham d'une voix suraiguë. Ce n'est pas de ma faute si le prêtre est mort.

Fitzwarren bondit. Son interlocuteur eut un mouvement de recul en lisant la haine dans ses yeux.

— Il est quoi?

— Il est mort. Il s'est écroulé pendant la messe.

— Et tu n'as donc rien rapporté ?

— Comment l'aurais-je pu ? Comment l'aurais-je pu ? On a apposé les scellés sur sa maison de Londres. Elle est entourée de gardes royaux et le roi lui-même est fou de rage. Que pouvais-je faire ? gémit-il.

En deux enjambées, Fitzwarren fut sur lui, l'attrapa par son surcot sale et le souleva de terre.

— Tu aurais pu m'apporter l'or que ton maître me doit, siffla Fitzwarren, une grimace hideuse aux lèvres, les yeux étincelants.

— C'était impossible, expliqua avec appréhension Bassingham, qui regrettait à présent d'être revenu.

Il aurait dû rester à Londres, s'enfuir. Il jeta un coup d'œil en biais. Le problème, c'était que sa femme à la noire chevelure frisée, à la mine avenante, sa belle Katherine, serait morte de chagrin, loin de lui. Fitzwarren suivit la direction de son regard et eut un sourire mauvais.

— Mes hommes, déclara-t-il, mes hommes ont vécu trop longtemps dans la forêt. Il ne serait pas juste de ne rien leur offrir.

Il se tourna vers ses compagnons avachis autour de la table et grimaça un sourire :

— Attachez ce gredin !

Il lâcha Bassingham comme une poupée de chiffon, puis s'approcha de la table et, d'un revers de main, la débarrassa des couverts.

— On va s'amuser, et lui pourra nous regarder !

Bassingham poussa un hurlement en les voyant se saisir de son épouse, mais — comme le savait parfaitement Fitzwarren — le manoir était désert et la campagne enfouie sous une épaisse couche de neige.

Qui viendrait à leur secours ? Et Fitzwarren, bouillonnant de rage, sentait que quelqu'un devait payer pour les innombrables soufflets que le destin lui avait infligés.

A Londres, Corbett et Ranulf allaient assister à une rencontre d'une tout autre nature. Hervey les avait rejoints devant le portail sud de St Paul et ils étaient entrés dans la cathédrale à la fin de l'office de prime. Corbett leur avait fait signe d'attendre dans la nef, encore plongée dans la pénombre. Il avait regardé le cercle de lumière formé par les rangées de bougies posées dans leurs candélabres d'argent, entre les stalles. Les chanoines en étaient au psaume final. Corbett écoutait attentivement, l'esprit apaisé par les accents modulés du plain-chant : le jour du Jugement dernier, le Seigneur viendrait apporter la justice à toutes les nations... Corbett eut un petit sourire en entendant ces paroles. Si le Seigneur venait, Il passerait le plus clair de Son temps à faire œuvre de justice, ici, à St Paul. Enfin, le chantre entonna le Gloria final — *Gloria Patri et Filio et Spiritu Sancto!* — auquel le chœur répondit en un chant triomphal. Puis le silence retomba et les chanoines sortirent en rang ; on souffla les bougies et les ténèbres envahirent à nouveau la cathédrale.

Corbett ne se souciait guère d'avoir été vu ; un instant plus tard, accompagné de Ranulf et de Hervey, il remonta la nef, passa près du sanctuaire et déboucha dans le cloître. De là, il gagna le chapitre qui avait bien changé d'aspect depuis l'avant-veille, depuis la journée du banquet ; en effet, les tapis étaient enroulés et les tables empilées contre les murs. Sur l'estrade l'attendait un groupe de silhouettes encapuchonnées. L'aube commençait juste à poindre, la salle était d'une obscurité lugubre, et la lueur tremblotante des bougies dessinait des ombres grotesques sur les visages. Corbett traversa la pièce. Tout en foulant les lattes de bois, il regardait les écus suspendus aux murs, frappés des blasons des chanoines qui avaient servi l'Église pendant des siècles; il vit les couleurs — azur, or, sable [1] et gueules [2] — et les animaux — léopards, lions couchés et passants, griffons, dragons, dragons ailés... Pourquoi, se demandat-il négligemment, des hommes de Dieu éprouvaient-ils le besoin d'arborer d'aussi orgueilleuses armoiries?

Lorsqu'il arriva au fond de la grand-salle, il salua et monta sur l'estrade. Il s'approcha du haut bout de la table, se félicitant de voir les chanoines lui témoigner tout le respect dû à un envoyé du roi. Il prit place sur la large chaise en chêne sculpté et fit signe à Ranulf et à Hervey de s'asseoir sur un banc, à ses côtés. Oui, ils étaient bien là, ces cinq chanoines qui avaient concélébré cette messe fatidique avec Montfort, deux jours auparavant. Il les observa, reconnaissant le visage poupin de Plumpton et répondant à son regard hautain par une légère inclination. Quant aux autres, ils étaient jeunes ou âgés, semblaient ascétiques ou paraissaient n'avoir jamais connu une seule heure de jeûne dans leur vie. Tous étaient revêtus de robes sombres aux manches et capuchons bordés d'hermine. Chacun avait l'air anxieux et méfiant comme s'il redoutait ce qui allait advenir. Corbett les dévisagea à nouveau, jouissant de ce moment. En

1. Sable : noir (en héraldique). *(N.d.T.)*
2. Gueules : rouge (en héraldique). *(N.d.T.)*

effet, il éprouvait assez bizarrement une répulsion presque incontrôlable pour ces ecclésiastiques replets, qui s'appelaient eux-mêmes hommes de Dieu, car il savait que l'un d'eux, sinon plusieurs, était coupable d'assassinat et de sacrilège. Ils attendaient, en un silence recueilli, prêts à répondre à ses questions et s'il faisait un pas de travers, s'empresseraient de se plaindre haut et fort à leur évêque, à l'archevêque de Cantorbéry, au roi, au pape ou à toute autre oreille bienveillante. Corbett donna le temps à Hervey de prendre son écritoire et ses rouleaux de parchemin. Ranulf ne bougeait pas ; les mains croisées, il savourait ce moment ; en effet, il buvait du petit lait quand il assistait aux procès de gens qui lui étaient supérieurs, surtout s'ils appartenaient au clergé.

Lorsqu'il vit que Hervey était prêt, Corbett commença :

— Révérends pères, je vous suis reconnaissant d'avoir accédé à ma requête qui est celle, également, de notre souverain, et d'avoir accepté de me rencontrer dans ce chapitre pour faire le point sur la tragédie de cette semaine. Je me permets de vous rappeler les faits : une messe eut lieu lundi dernier, célébrée par votre frère bien-aimé Walter de Montfort, doyen de cette cathédrale. Peu avant la communion, il s'effondra et sa mort fut instantanée. On emporta son corps dans la sacristie et on lui administra l'extrême-onction. J'ai examiné sa dépouille et m'empresse d'ajouter, dit Corbett en levant la main, que, sans être médecin, j'ai la ferme conviction qu'il a été empoisonné. Je crois également, poursuivit-il en mesurant prudemment ses propos, que l'on a administré ce poison pendant l'office divin lui-même.

Il entendit les exclamations étouffées et les murmures de « Sacrilège ! ». Il leva de nouveau la main :

— Ce n'est qu'une théorie. Pour vous en convaincre, je vais vous exposer ce que je sais.

Il leur fit alors le même compte rendu qu'au roi ; il évoqua les traits figés de Montfort, sa bouche et sa langue noircies, la soudaineté de sa mort, tous les symptômes de l'empoisonnement. Il se référa au père Thomas que la plupart d'entre eux devaient avoir connu, et qui lui avait confirmé que tous les poisons violents agissaient instantanément.

— La question est la suivante, déclara-t-il en conclusion : qui l'a assassiné et pourquoi ?

Comme il s'y attendait, Sir Philip Plumpton fut le premier à réagir.

— Comment savoir, demanda-t-il sur un ton de défi, surtout depuis que je vous ai donné cette gourde de vin, si notre frère tant regretté n'a pas été empoisonné par le roi, ou, ajouta-t-il avec un regard lourd de sous-entendus, par un des favoris du roi ?

Corbett ne releva pas la remarque, assimilable à de la haute trahison.

— Je vais m'en référer encore au père Thomas de St Barthélemy, rétorqua-t-il. Il vous certifiera que si Montfort avait bu le vin envoyé par le roi, vin que quelqu'un d'autre a empoisonné, il n'aurait pas eu le temps de vivre jusqu'à l'Introït. Bien sûr...

Corbett choisit soigneusement ses mots pour refermer le piège.

— ... si l'un d'entre vous l'a vu boire du vin et ne pas jeûner avant la célébration d'une cérémonie aussi solennelle, au mépris de la règle canonique, qu'il me le dise immédiatement !

Il n'eut pour toute réponse qu'une désapprobation silencieuse et des frottements de pieds.

— Bien, reprit-il d'une voix coupante, poursuivons !

Il désigna Hervey.

— Je vous présente Messire William Hervey de la Chancellerie qui transcrira mes questions et vos réponses. Je vous prierais à présent de m'indiquer vos noms et les fonctions que vous occupez.

Les chanoines se présentèrent, en commençant par celui qui était assis à sa gauche.

— Sir John de Eveden, bibliothécaire.

Teint cireux, maigre, traits émaciés, touffes de cheveux blancs sur le crâne. Corbett remarqua la bouche molle et le regard oblique qui refusa de croiser le sien.

— David of Ettrick, aumônier.

Petite taille, visage rougeaud, complètement chauve, des doigts boudinés qui papillonnèrent en l'air lorsqu'il se présenta. Léger accent écossais.

— Robert de Luce.

Visage glabre, cheveux, mains et doigts très soignés, air ascétique et méticuleux, remplissant sans doute bien sa charge de trésorier.

— Stephen Blaskett.

Jeune, visage ouvert, yeux vifs, doigts maculés des mêmes taches que ceux de Hervey. Avant même qu'il le précisât, Corbett avait deviné qu'il occupait les fonctions de clerc principal et de secrétaire de la cathédrale.

Et finalement Philip Plumpton, sacristain. Visage poupin, manières charmantes. « Le plus dangereux », pensa Corbett, car si les lèvres étaient souriantes, les yeux avaient le dur éclat de l'agate. Quelqu'un de coriace, estima le clerc, un homme qu'il ne faisait pas bon contrecarrer.

Quand ils se furent présentés sans chercher à dissimuler la profonde irritation que leur causaient ces questions et sa présence, Corbett prit du parchemin, approcha un candélabre d'argent et dessina un arc de cercle.

— Admettons que ce soit l'autel. Voudriez-vous m'indiquer où vous vous trouviez pendant le sacrifice de la messe ?

Après un interrogatoire minutieux et malgré les soupirs d'agacement de Hervey, Corbett obtint enfin l'ordre exact : Montfort au centre, Blaskett loin à sa gauche, puis Luce et Plumpton près du célébrant principal, et à sa droite Eveden et Ettrick.

— Dites-moi à présent, poursuivit Corbett, l'ordre du service.

— Vous le connaissez ! protesta sèchement Ettrick, l'aumônier. Vous étiez là. Je vous ai vu traverser le chœur, agité comme un boisseau de puces.

— Vous êtes originaire d'Écosse ? lui demanda Corbett en souriant.

— Oui, des faubourgs d'Édimbourg.

Il se pencha en le foudroyant du regard.

— Et avant que vous ne me posiez la question, je vous déclare que je suis un sujet loyal du roi Édouard. Comme beaucoup d'Écossais. Je vous rappelle que lors de sa récente campagne contre Berwick, plus d'un Écossais se battait pour lui !

— Je n'ai rien voulu insinuer, affirma Corbett sur un ton apaisant. Je vous ai simplement demandé si vous étiez écossais. Mais veuillez m'aider à me rafraîchir la mémoire, Messire Ettrick. Montfort se tenait bien au centre de l'autel, faisant face à l'est, sous la grande rosace et le crucifix, n'est-ce pas ?

Ettrick fit signe que oui.

— Que s'est-il passé entre la consécration et la communion ?

Ettrick haussa les épaules.

— Nous tenions chacun une patène avec une hostie consacrée.

— Et vous les avez consommées ?

— Oui.

— Loin de moi l'idée de proférer un blasphème, dit Corbett pour prévenir toute protestation scandalisée, mais êtes-vous sûr que les hosties distribuées après la consécration ne furent pas échangées sur l'autel ?

— Impossible ! intervint Blaskett d'une voix haut perchée. Soyons honnêtes : nous étions tous près de l'autel. Aucun diacre, aucun servant n'a le droit de toucher au pain ou au vin après leur transsubstantiation.

Corbett prit soigneusement note du terme théologique qu'avait utilisé, plutôt pompeusement, le jeune secrétaire.

— Je réitère ma question, Sir Stephen. Par qui furent consacrées et distribuées les hosties ?

— Par Montfort.

— Par personne d'autre ?

— Non, par personne d'autre, confirma Plumpton, le sourire aux lèvres.

— Et que s'est-il passé ensuite ?

— Oh ! pour l'amour de Dieu ! s'écria soudain Eveden, le bibliothécaire. Vous le savez bien ! Une fois consommées les hosties, nous avons bu le vin.

— Ah oui ! Le calice ! Qui a bu le premier ?

— Montfort. Il me l'a tendu et puis...

Le bibliothécaire s'arrêta un instant.

— ... je l'ai passé à Ettrick, bien sûr, qui l'a rapporté à Montfort. Ensuite, ce fut le tour des célébrants sur la gauche.

— C'est-à-dire ?

— Plumpton, Luce et Blaskett. Oui, c'était bien dans cet ordre, confirma Eveden.

Corbett leva la main :

— Le calice fut rapporté à Montfort ?

— Oui !

— Par qui ?

— Par moi ! répondit Blaskett, l'air furieux.

— Non, le contredit Luce, qui était resté silencieux et attentif jusque-là. Stephen, ce n'est pas vous qui l'avez rapporté, poursuivit-il d'une voix douce et bien timbrée qui contrastait vivement avec celle des autres.

— Qui alors ? s'enquit Corbett d'un ton pressant.

— Vous, Philip, n'est-ce pas ? dit Luce en fixant Plumpton assis en face de lui. C'est vous qui avez redonné le calice à Montfort.

Plumpton se rembrunit :

— Non, ce n'est pas moi ! Ce n'est...

Mais il s'interrompit et s'affaissa sur sa chaise :

— Si, vous avez raison, Robert ! Le calice était passé de main en main sur la gauche de Montfort. J'ai bu du vin, puis ce fut votre tour et enfin celui de Blaskett. Stephen, continua Plumpton avec un coup d'œil furibond à l'adresse de Blaskett, vous ne l'avez pas rapporté, vous l'avez repassé !

Blaskett opina :

— C'est vrai !

Corbett lorgna vers Hervey dont la plume crissait bruyamment sur le parchemin et lui lança :

— Changez-la, Hervey !

Le scribe accepta la pause avec gratitude, posa sa

plume, en prit une autre qu'il tailla de son canif, la trempa dans l'encrier qu'il avait eu soin de réchauffer à la chandelle et se remit à écrire.

— Donc, reprit Corbett, le calice revint. Et ensuite ?

— Nous l'ignorons, poursuivit doucement Luce. Tous, nous avions communié sous les deux espèces. A votre avis, qu'avons-nous fait ensuite, si ce n'est réciter l'action de grâces habituelle, tête baissée ?

— Qu'arriva-t-il alors ?

Corbett sentit qu'il perdait le contrôle de la réunion.

— J'ai entendu du bruit, continua Luce. J'ai levé les yeux. Montfort se retournait, il portait la main à sa gorge. Vous connaissez la suite. Il s'est écroulé. Le temps de l'emporter dans la sacristie, la mort avait fait son œuvre.

Le regard de Corbett s'appesantit sur les chanoines assis à la table : leurs visages d'hommes cultivés, au fait des usages du monde, étaient à présent bien éclairés par les bougies. Remarquant qu'il faisait plus clair, il leva les yeux vers la fenêtre à l'encadrement de pierre. Il se sentait frustré. Il ne supportait pas cette façon qu'avaient les cinq chanoines de se montrer si imbus d'eux-mêmes. Il leur avait posé certaines questions et ils y avaient répondu. Sans qu'il découvrît rien de suspect. « Et maintenant, le défiaient-ils en silence, qu'allez-vous pouvoir nous demander ? »

Corbett repensa à un détail.

— Et si je vous disais, reprit-il lentement, qu'avant d'échanger le baiser de paix avec le roi, Monseigneur de Montfort devait lui présenter le calice pour qu'il bût le vin ?

113

Corbett se détendit, heureux d'entendre les hoquets de surprise.

— Ou si je vous révélais, enchaîna-t-il en regardant le plafond, que certains pensent que le poison était destiné, non pas à Montfort, mais à notre souverain ? Dois-je rappeler, révérends pères, que l'assassinat ou même la tentative d'assassinat sur l'Oint du Seigneur est un acte de haute trahison ? Je ne mentionnerai pas les nouvelles mesures qui s'appliquent à un crime aussi vil, mais j'ajouterai que d'aucuns affirment que les empoisonneurs devraient mourir bouillis vifs.

Corbett, rarement vindicatif pourtant, avait envie de blesser ces personnages suffisants et satisfaits d'eux-mêmes.

— J'ai entendu parler d'un homme qu'on a fait bouillir vif au pays de Galles. Il fut attaché à un poteau et descendu, pieds d'abord, dans un énorme chaudron empli d'eau bouillante. Ses hurlements durèrent une demi-heure, sa chair se détachant en lamelles de ses os.

Plumpton se leva d'un bond, frappant la table de sa main chargée de bagues.

— Vous n'avez pas le droit de nous intimider ! Vous insinuez que l'un de nous a empoisonné Montfort tout en ayant l'intention de commettre un crime de haute trahison et d'assassiner le roi Édouard. Il est vrai, poursuivit-il implacablement, que nous pouvons désapprouver le projet de taxation de notre souverain, mais entre contester et trahir, il y a un pas ! L'Église a sacré Édouard roi. Aucun prince ne peut se targuer d'une si grande loyauté offerte par cette cathédrale que l'actuel roi Édouard.

Il allait continuer lorsque Luce mit sa main sur la sienne.

— Asseyez-vous, Philip, lui conseilla-t-il en esquissant un sourire. Je comprends ce que veut dire notre visiteur. Un crime atroce a été commis, poursuivit-il plus gravement. L'un de nos frères a été assassiné durant le sacrifice de la messe, empoisonné, s'il faut en croire Messire Corbett qui n'a rien à gagner dans cette affaire, mais suggère que le responsable de la mort de Montfort est également coupable de complot envers notre souverain. Ce sont là, mes chers frères, des crimes extrêmement graves et horribles.

Corbett se félicita de l'intervention de Luce, tout en étant agacé par son attitude placide : on aurait dit qu'il apaisait des enfants, Corbett entre autres. La réunion s'interrompit quelques minutes. Ettrick se leva et se dirigea vers une petite table dans le coin, chargée d'un plateau, d'un pichet de vin et de gobelets. Il les remplit, en plaça un près de Corbett et distribua les autres à ses compagnons, sans se laisser émouvoir par la mine indignée de Hervey et de Ranulf. On se servit de friandises. Corbett remarqua avec ironie que personne n'osait boire ni manger. Ettrick se rassit, mais observant le silence ambiant, haussa les épaules en souriant, se releva et s'approcha de l'envoyé du roi. Il lui porta un toast et sirota doucement sa boisson.

— Messire, s'exclama-t-il, je puis vous assurer que votre vin est du meilleur bordeaux et ne contient aucun poison !

La plaisanterie fit disparaître la tension. Corbett leur sourit, prit son gobelet et apprécia l'ample bouquet du vin. Il le passa à Ranulf, indiquant du doigt qu'il pouvait également manger la friandise près de lui.

— Admettons, reprit Corbett, que Montfort ait été assassiné. Admettons aussi qu'un de ses proches, quelqu'un au service de cette cathédrale, désirait sa mort. Comment s'y est-il pris ? Et pour quelle raison ?

Il fronça les sourcils.

— Pourquoi se donner la peine d'empoisonner le vin après la disparition de Montfort ? Car je suis sûr que c'est alors que l'on a versé le poison dans la gourde envoyée par le roi. Quelle était la véritable intention de l'assassin ? Qui avait des griefs envers Montfort ?

Cela fit presque glousser Eveden. Corbett se tourna vers lui :

— Vous trouvez cela amusant ?

— En effet, je trouve cela amusant, rétorqua le bibliothécaire sur un ton sarcastique. Vous avez demandé qui avait des griefs envers lui, et moi je vous demande : qui n'en avait pas ?

— Ce que veut dire mon frère, l'interrompit Plumpton, c'est que Montfort était quelqu'un d'influent et de solitaire. Il n'était pas très aimé.

— Pour quelles raisons ?

Plumpton haussa les épaules :

— Il était vindicatif, très secret. Il ne pardonnait jamais une offense et réglait toujours ses comptes sans aucune pitié.

Le sacristain regarda ses compagnons, les yeux écarquillés :

— Pourquoi ne pas dire la vérité ? Chacun de nous avait des griefs envers lui.

— Ce n'est pas vrai ! s'écria Blaskett.

— Vous n'auriez pas dit cela, siffla Plumpton méchamment, s'il avait rejoint votre lit.

Le jeune secrétaire bégaya, mais Corbett fit taire les protagonistes d'un geste de la main.

— Il est inutile de se quereller. Je comprends votre point de vue, Sir Philip. Je me rends compte que Montfort était vraiment quelqu'un de singulier, qui aurait eu à répondre à de nombreuses questions. Peut-être devrais-je vous interroger séparément.

Sa suggestion fut accueillie par des murmures d'approbation.

— Je crois, continua-t-il, que je vais commencer par Sir John.

Le bibliothécaire inclina la tête en signe d'acquiescement et Corbett attendit que les autres se retirent.

CHAPITRE IX

— Mon père, commença Corbett, je vous rappelle que j'ai été chargé de mission par le roi. Dites-moi, haïssiez-vous Montfort?

Eveden réfléchit un moment.

— Je crois que oui.

— Pour quelle raison?

— Pour son arrogance.

— En quels domaines?

— Tous, répondit le chanoine d'un ton péremptoire. Il prenait plaisir à exercer son autorité. Il aimait à faire étalage de ses connaissances. Il ne cessait de venir à la bibliothèque en exigeant d'être tenu au courant de tout : les manuscrits que nous avions, l'endroit où nous les rangions, la manière dont nous nous en occupions.

Eveden s'interrompit comme pour chercher ses mots.

— Il y avait quelque chose de louche chez lui. Quelque chose de mystérieux, d'hypocrite.

— Vous pensez que c'était effectivement un hypocrite?

Eveden regarda Corbett bien en face.

— Oui!

— Qu'est-ce qui vous permet de l'affirmer?

— Parfois il sortait seul la nuit et nul ne savait où il allait.

— N'y avait-il que lui qui agît ainsi? s'enquit Corbett.

— Oh non! De plus, il avait des visiteurs. Oh! il prenait garde de les tenir éloignés. Je me souviens d'une dame en particulier, qu'il rencontrait souvent dans la cathédrale. Ils conversaient dans la nef, toujours après vêpres, quand l'église était pratiquement déserte.

Corbett songea à la femme qu'il avait vue le jour de la mort du doyen.

— Avez-vous quelque idée de son identité?

— Non, aucune. Elle apparaissait toujours richement caparaçonnée de soie et de velours; on aurait dit un gros palefroi! Et son parfum empestait jusqu'aux stalles.

— Vous vous y trouviez souvent?

— Oui, avoua Eveden. Je surveillais Montfort, si c'est cela que vous voulez dire. Je le détestais!

— Quelles étaient, d'après vous, les relations entre Montfort et cette étrange visiteuse?

— Je l'ignore. Je suppose que c'était sa maîtresse.

— Mais, tout à l'heure, Sir Philip Plumpton... proféra lentement Corbett, a insinué que Montfort était un sodomite et avait tenté de corrompre le jeune Blaskett.

Eveden éclata de rire.

— Il n'en faudrait pas beaucoup pour corrompre Blaskett!

— Qu'entendez-vous par là?

— Demandez-le-lui! Je ne suis pas venu répondre à des questions concernant Blaskett.

— C'est exact, concéda Corbett. Vous êtes là

pour parler de Montfort. Dites-moi, les jours précédant sa disparition, vous êtes-vous querellé avec lui ?

— Non, je me suis efforcé de l'éviter.

— Lors de cette messe au cours de laquelle il a trouvé la mort, vous lui avez bien redonné le calice après avoir bu du vin consacré, n'est-ce pas ?

— Non, pas du tout, s'écria abruptement Eveden. Rappelez-vous, je me tenais tout de suite à la droite de Montfort. C'est Ettrick qui a bu après moi et a ensuite rapporté le calice au doyen, qui, à son tour, l'a tendu aux trois autres. Mes compagnons ont donc, tous, manipulé le calice et bu après moi.

— Ah oui ! dit Corbett. Quand le calice est finalement revenu à Montfort, vous étiez tout proche, n'est-ce pas, puisque immédiatement à sa droite ?

Eveden eut un petit sourire :

— Vous oubliez un détail, Messire. Montfort avait déjà bu du vin consacré. Il ne l'a pas fait une seconde fois !

— Comment le savez-vous ?

Le bibliothécaire parut désorienté :

— Mais c'est le rituel !

— L'avez-vous vu boire ?

— Je ne l'ai pas vu boire une seconde fois, déclara Eveden avec emphase. Qu'êtes-vous en train d'imaginer ? Croyez-vous que Montfort m'aurait tranquillement laissé verser de la poudre dans le calice et l'inciter à boire à nouveau ? A sa place, n'auriez-vous pas trouvé cela suspect ?

— Si, certainement. Je vous remercie, mon père !

Eveden lui jeta un regard noir avant d'esquisser un semblant de salut et de se retirer avec raideur.

Ce fut ensuite le tour de Plumpton. Tout sourires, le sacristain entra de sa démarche dandinante. Corbett lui posa les mêmes questions et reçut les mêmes réponses. Oui, il détestait Montfort. Pourquoi ? Parce qu'il ne l'estimait pas apte à assumer les responsabilités de sa charge. Plumpton réitéra ses insinuations sur la vie privée de Montfort, mais sans les étayer de la moindre preuve. Corbett l'écoutait en l'encourageant par de petits signes de tête compréhensifs. Le sacristain paraissait fort satisfait de ses propres explications. Aussi Corbett le laissa-t-il discourir jusqu'au moment où le chanoine pensa pouvoir partir. C'est alors qu'en se penchant, Corbett lui effleura la main.

— Deux problèmes me préoccupent, dit-il. Vous vous teniez à gauche de Montfort devant l'autel, n'est-ce pas ?

— Oui.

— Vous lui avez redonné le calice après que tous les autres célébrants eurent bu du vin consacré ?

— En effet.

— Il vous aurait été donc facile d'y verser du poison !

Plumpton l'admit en haussant les épaules :

— Cela m'aurait été aisé, certes, n'eussent été deux points de détail : d'abord Montfort se défiait de moi, il avait de bons yeux et m'aurait vu mettre quelque chose dans le calice. La messe aurait été, par là même, interrompue de façon dramatique également, mais pour un motif différent. Ensuite Montfort avait déjà communié, comme Sir John de Eveden a dû vous le dire ; il n'avait donc aucune raison de porter à nouveau le calice à ses lèvres.

Corbett s'assit et réfléchit à ce que venait de lui confier Plumpton. Quelqu'un avait-il vu Sir Walter retremper ses lèvres dans le calice, après que l'on le lui eut redonné ? Il avait dû, pourtant, boire du vin consacré une seconde fois, après qu'on y eut versé le poison, car sinon les autres célébrants auraient également péri. Alors, qu'avait-il bien pu se passer ? Il congédia courtoisement Plumpton, mais le rappela soudain.

— Sir Philip, je suis désolé, mais je viens de penser à l'autre problème.

Le chanoine se retourna, la main sur le verrou de la porte.

— Lequel ?

Corbett le dévisagea et comprit que son attitude amicale jusque-là n'avait été qu'un masque, et que le sacristain était en réalité dangereux, ambitieux et impitoyable. La moindre égratignure était perçue comme une menace sérieuse par cet homme qui, issu d'un milieu modeste, comme Corbett, s'était élevé par ses propres moyens et était prêt à se défendre bec et ongles.

— Mon père, expliqua Corbett d'une voix apaisante, j'ai fait allusion à deux problèmes gênants. Voici le second : vous m'avez fait très rapidement remarquer que la gourde envoyée par le roi avait été empoisonnée. Comment le saviez-vous ?

Corbett vit s'effacer le sourire de Plumpton.

— Je... bredouilla-t-il.

— Oui, mon père ?

— Il y a un petit vestiaire derrière la sacristie. Vous l'avez peut-être aperçu. Après que le corps a été transporté dans la sacristie, je suis entré dans ce vestiaire. La gourde s'y trouvait, bouchée, le gobelet à côté. Je l'ai débouchée. L'odeur m'a paru suspecte. Vous êtes entré ensuite examiner la dépouille ; je vous ai imité. J'ai senti cette même odeur de poison sur les lèvres décomposées de Montfort. J'en ai donc conclu que quelqu'un avait envoyé du vin empoisonné au doyen avant le début de la messe.

— Est-ce vous qui aviez déposé la gourde là?

— Absolument pas!

— Comment avez-vous pu penser qu'un prêtre connaissant la règle canonique avait osé boire du vin et ainsi rompre son jeûne?

Plumpton haussa les épaules.

— Ce n'était sûrement pas la première fois que Montfort aurait enfreint les règles.

— Lesquelles, plus précisément? Je crois vous l'avoir déjà demandé.

— Je suis incapable de vous le dire, s'écria Plumpton. C'était quelqu'un de très, très secret. Moi, je suis simplement le sacristain. Peut-être d'autres pourraient-ils mieux vous renseigner?

— Comment saviez-vous, insista Corbett, que c'était Montfort qui avait bu du vin de cette gourde?

— J'ai simplement aperçu cette gourde et le gobelet, à côté. Je vous ai vu procéder à l'examen du cadavre, et en particulier, renifler ses lèvres. J'ai fait comme vous, puis je suis revenu examiner la gourde. C'est alors que j'ai su que c'était une affaire d'empoisonnement.

— Mais ce n'est pas vous qui aviez déposé la gourde?

— Non!

— Alors qui?

— Je l'ignore!

— Je vous remercie, mon père!

Plumpton parti, Corbett se retourna vers ses deux compagnons. Hervey, courbé sur son parchemin, s'affairait à le remplir de petites lettres bien tracées à l'encre bleu-vert. Ranulf restait immobile, la mine stupéfaite; cet interrogatoire de puissants ecclésiastiques lui coupait le souffle plus que n'importe quel miracle ou pantomime joué dans une rue de Londres. Corbett se pencha et referma doucement la bouche grande ouverte de son serviteur.

— Ranulf, tu ne t'es jamais tenu aussi tranquille !

— Maître, protesta rapidement Ranulf en se ressaisissant, nous entendons parler, dans les rues de la Cité, de ces ecclésiastiques riches et bien nourris. Nous les voyons se pavaner partout comme des seigneurs. Ils ont leurs propres cours, leur propre trésor. Ils vivent à part et ont des droits et des privilèges spéciaux.

Il leva vers Corbett un visage radouci :

— Je n'ai jamais vu quelqu'un leur faire subir un tel interrogatoire !

Corbett lui rendit son sourire.

— Eh bien, je me félicite d'avoir rendu quelqu'un heureux aujourd'hui.

Il jeta un coup d'œil à Hervey, mais ce dernier était perdu dans ses écritures, sourd au monde qui l'entourait.

— William ! appela Corbett.

Le petit secrétaire leva les yeux de son parchemin.

— Avez-vous fidèlement copié ce que vous avez entendu ?

Hervey le rassura d'un vigoureux signe de tête.

— Bien. Ranulf, va dire à Messire Ettrick que nous l'attendons.

Ranulf bondit sur ses pieds et disparut pour revenir presque immédiatement, suivi du chanoine écossais. Celui-ci, l'air plutôt agressif, entra d'une démarche qui évoquait plus le camp militaire que la clôture d'une cathédrale.

— Veuillez prendre place, mon père !

— Merci.

— Vous êtes écossais, n'est-ce pas ?

— Oui, je vous l'ai déjà dit.

— Vous avez toujours été prêtre ?

— Non, j'ai été au service du roi, à la guerre.

— Dans quel ban ?

— Celui du comte de Surrey.

— Était-ce un de vos parents ?

— Non ! répondit Ettrick d'un ton coupant. Mais lors des premières campagnes du roi Édouard en Écosse, je me suis rendu utile au souverain et surtout au comte.

Corbett fit signe qu'il comprenait. Il savait ce que signifiait « se rendre utile ». Il en avait rencontré de ces hommes en Écosse et au pays de Galles qui étaient passés du côté de l'envahisseur en lui fournissant renseignements et missives secrètes, et en lui rapportant les diverses rumeurs. « Une âme de traître ? » se demanda Corbett. Il en aurait le cœur net, tôt ou tard.

— C'est ainsi que vous avez reçu votre prébende ?

— Je dois beaucoup au comte de Surrey.

— Je suis sûr que le comte vous considère comme un fidèle serviteur.

— En effet.

— Mais pour que le comte obtienne une prébende aussi riche, poursuivit Corbett, il lui fallait le soutien et l'aide de l'évêque de Londres.

— Pas dans ce cas-là, corrigea l'Écossais.

Corbett remarqua que son accent devenait plus prononcé quand il s'efforçait de rester maître de lui.

— Alors qui vous a appuyé ?

— Je suis redevable de ce poste que j'occupe seulement depuis deux ans à Monseigneur Robert Winchelsea, archevêque de Cantorbéry.

— Ah! soupira Corbett qui contempla les chevrons.

— Y a-t-il là un problème? demanda Ettrick d'un ton acerbe. Être recommandé par l'archevêque serait-il suspect?

— Non, pas du tout. Aviez-vous quelque estime pour Montfort?

Ettrick haussa les épaules :

— Comme je vous l'ai déjà dit, je ne suis pas là depuis longtemps. Deux ans.

— Vous vous êtes rapidement élevé au poste d'aumônier. C'est vous qui êtes chargé de distribuer les aumônes de la cathédrale, n'est-ce pas?

— En effet.

— Vous avez donc souvent eu affaire au doyen?

— Non, surtout à Luce. Je veux dire Sir Robert de Luce.

Corbett nota le changement de ton.

— C'est le trésorier et je m'en réfère à lui constamment.

— Que saviez-vous de Montfort?

— Rien. Je lui ai rarement adressé la parole.

— Pourquoi?

— Je n'avais aucun grief ni reproche envers lui. Je ne le portais pas dans mon cœur, c'est tout. Il était d'un abord assez sec.

— Mais vous êtes au courant de certains ragots?

L'Écossais eut un geste de dédain.

— C'est ainsi dans chaque communauté, le chef n'est pas très aimé et la rumeur l'accuse de tout et de n'importe quoi.

— Et que racontait-on sur Montfort ? insista Corbett.

Ettrick soupira profondément.

— Pas grand-chose. Rien de précis. On ne l'appréciait guère, tout simplement, on lui reprochait son arrogance, son orgueil, sa façon de commander.

— Votre nouvelle prébende vous plaît-elle ?

— Qu'entendez-vous par là ?

Corbett grimaça un sourire :

— Vous êtes écossais. Or l'Angleterre et l'Écosse sont en guerre.

Ettrick, retenant une réplique mordante, répéta patiemment :

— Je vous ai déjà affirmé que l'allégeance de beaucoup d'Écossais va au roi Édouard et non à un chef de clan, à un grand baron ou à ce roturier de Wallace !

Corbett l'observait attentivement. Il lut la haine dans ses yeux, mais c'était une autre sorte d'aversion : ce n'était pas Montfort qu'il détestait, mais son pays natal. Cela devait cacher un secret. On verrait plus tard.

— Merci, Messire Ettrick.

Au moment où le chanoine allait sortir, Corbett employa le même ruse qu'avec Plumpton et le rappela.

— Au fait, une dernière question. Étiez-vous au courant de ce vin offert au doyen ?

— Non.

— Merci. Il se peut que je vous prie de revenir.

Le chanoine lui tourna le dos en haussant les épaules.

— Alors je vous conseillerais de faire vite, car le comte de Surrey veut que je rejoigne sa suite et parte en Écosse.

— Ne vous inquiétez pas, répliqua Corbett, railleur. Je suis sûr que cette affaire sera rapidement résolue.

Ce fut ensuite le tour de Luce. Lui était différent : froid, ascétique, maître de lui. Doté d'un esprit acéré, c'était un administrateur-né et un bon juge des hommes. Corbett estima qu'ils étaient à peu près du même âge — environ trente-cinq ans — alors que les autres chanoines, à part Blaskett, avaient largement dépassé la cinquantaine. Il l'interrogea sur la gourde de vin et la cérémonie, mais n'apprit rien de nouveau. Luce ne se rappela aucun fait suspect, aussi Corbett passa-t-il à la vie privée, si mystérieuse, du doyen.

— Vous êtes donc trésorier de la cathédrale ?

Luce opina.

— Des bruits couraient sur Montfort, n'est-ce pas ?

— C'est exact.

— L'accusait-on de gaspiller de l'argent ou des fonds ?

— Non. Les comptes étaient bien tenus. En fait, poursuivit le chanoine en se grattant le menton, comme irrité par la question, Montfort se targuait de ne pas toucher à un seul sou des bénéfices de la cathédrale. Toutes les questions financières étaient de mon ressort. Il me faisait implicitement confiance.

— Avait-il de la fortune ?

— Oui, beaucoup.

— Quelles en étaient les sources ?

Luce haussa les épaules :

— Il avait un manoir à Cathall, près du village de Leighton dans l'Essex, mais je n'ai jamais vu ses comptes. Il les tenait lui-même.

— Des maisons?

— Oui, une grande près de Holborn, mais, je le répète, il s'occupait de tout cela lui-même. Ses comptes étaient bien distincts de ceux de la cathédrale.

— Connaissiez-vous ses amis? Une femme, en particulier?

Luce réfléchit, les yeux plissés.

— Certes, des commérages, des rumeurs de scandale ont circulé. Je me doute de ce que les autres ont pu vous raconter. J'ai vu cette personne, une créature vêtue de façon vulgaire et ostentatoire, qui le rencontrait souvent dans la cathédrale, mais cela n'a rien de scandaleux, n'est-ce pas?

— Non, répliqua sèchement Corbett. Bien. Il ne me reste plus qu'à entendre Messire Blaskett.

Le jeune secrétaire entra, l'air nerveux; l'anxiété creusait son visage poupin au teint mat et aux traits réguliers. Il avait enfoui ses mains dans les manches de son habit, comme pour en dissimuler le tremblement. C'est du moins ce que soupçonna Corbett qui le pria de prendre place.

— Vous étiez le secrétaire du doyen?

Baskett répondit affirmativement.

— C'est vous qui aviez la responsabilité du courrier, je crois?

— En effet, c'est moi qui expédiais et contrôlais tous les documents, protocoles, traités et contrats concernant cette cathédrale.

— Depuis combien de temps occupez-vous ce poste?

— Un an.

— Quelles étaient vos relations avec le doyen?

Blaskett baissa la tête et contempla la table. Corbett l'observait.

— Je vous ai posé une question : quelles étaient vos relations avec Montfort ? Sir Philip Plumpton a insinué qu'il ne se comportait pas comme il l'aurait dû, en tant qu'homme, et à plus forte raison en tant que prêtre.

Blaskett leva les yeux, battant des cils. Des cils remarquablement longs, nota Corbett, des yeux de fille qui s'emplissaient de larmes à présent. Aurait-il eu la force d'âme d'organiser et de mener à bien un assassinat doublé de sacrilège ?

— Le doyen, expliqua le secrétaire en choisissant ses mots, était quelqu'un de singulier, de très secret, qui avait d'étranges exigences. Cela fait un an que j'occupe ce poste et je n'ai jamais lu ni rédigé un seul document pour son compte qui pourrait lui être reproché. Pourtant...

Il s'interrompit.

— Je ne veux pas dire du mal d'un mort, mais autour de lui régnait comme une atmosphère de corruption. Il se montrait très amical envers moi ; parfois, quand j'étais occupé à écrire, il me caressait les cheveux. J'ai protesté une fois et Plumpton, qui aime à espionner les conversations, a surpris la querelle qui s'est ensuivie.

— Et ensuite, comment ont évolué vos relations ?

— Elles sont devenues distantes et protocolaires. Je pense que s'il n'était pas mort...

Blaskett réfléchit un instant.

— Je crois que s'il avait vécu, j'aurais été relevé de mes fonctions, j'aurais perdu non pas ma prébende, mais mon poste de secrétaire.

— Sauriez-vous quelque chose qui pourrait m'aider à résoudre l'énigme de sa mort ? Qui l'a tué ? Quand et comment ?

— Non.

Corbett baissa les yeux sur le parchemin où étaient indiquées les positions de chaque célébrant lors de la messe fatidique.

— Mon père, dois-je vous rappeler que vous fûtes la dernière personne à boire du vin consacré avant que le calice ne fût redonné au doyen?

Le regard scrutateur de Corbett s'attarda sur le jeune homme.

— D'aucuns affirmeraient que cela vous offrait l'occasion d'y verser du poison.

Blaskett eut un petit rire de dérision.

— Pour un haut magistrat de la Chancellerie royale, lança-t-il méchamment, vous avez l'esprit particulièrement lent. Vous nous avez posé cette question à tous, et pourtant vous êtes passé à côté d'un fait essentiel.

— Lequel?

La voix de Corbett s'était durcie.

— Après que l'on eut interrompu l'office divin et transporté le corps de Montfort dans la sacristie, je crois savoir que vous avez examiné le calice et les autres objets liturgiques se trouvant sur l'autel.

— En effet.

— Moi aussi, j'ai jeté un coup d'œil à ce calice ensuite. Avez-vous décelé des traces de poison dans le vin consacré?

— Non.

— Alors comment aurais-je pu en verser dans un calice dont Montfort se serait servi mais qui n'aurait montré ensuite aucun signe d'empoisonnement? Il y a là une contradiction, Messire, qu'à mon avis vous devriez essayer de résoudre avant d'insinuer que j'ai glissé du poison dans un calice pendant la messe, quelle que fût mon animosité envers Montfort.

Corbett le dévisagea. L'aspect assez efféminé et même enfantin du jeune homme n'était qu'un masque. En fait, c'était probablement le plus perspicace de ceux qu'il avait interrogés et le problème qu'il soulevait semblait insoluble. Si le calice avait été empoisonné, pourquoi Corbett n'en avait-il trouvé aucune trace ? Il réfléchit quelques instants à ce point délicat avant de poursuivre son interrogatoire :

— Mon père, ne peut-on imaginer que dans la confusion et le chaos qui suivirent la mort de Montfort, quelqu'un ait posé un autre calice sur l'autel ?

Le chanoine éclata de rire.

— Que dites-vous ? Qu'il y aurait deux calices identiques ? Mais celui-là appartenait en propre à Montfort. Il n'existe pas dans notre inventaire ou dans les biens de cette église de calices qui lui soient semblables. Ainsi, d'après vous, pendant que l'on s'affairait dans le chœur autour du corps de Montfort et qu'ensuite on l'emportait dans la sacristie, quelqu'un serait venu enlever le calice contenant le vin empoisonné pour le remplacer par un autre ? Sans que nul ne remarque rien ? Cet individu aurait donc eu un calice tout prêt à échanger. Cela me semble parfaitement invraisemblable !

Corbett fixa le plafond : oui, c'était invraisemblable, mais Blaskett avait fait une allusion qui avait éveillé un souvenir dans sa mémoire. Il n'arrivait pas à mettre le doigt dessus pour le moment. Quelque chose sur cet autel ne concordait pas avec le reste. Il revint au jeune prêtre :

— Je vous remercie d'avoir attiré mon attention sur cette contradiction. J'en ai fini, aussi vous serais-je reconnaissant de prier vos compagnons de revenir.

Peu après, les chanoines, visiblement agacés d'être convoqués ici et là, selon le bon vouloir d'un homme tel que Corbett, entrèrent l'un après l'autre et se rassirent à la table. Le clerc leur posa encore quelques questions anodines concernant essentiellement la fortune de Montfort, avant de s'adresser à Hervey :

— William, lorsque nous aurons terminé cet interrogatoire, vous voudrez bien rédiger un mandat au nom du roi et aller à Westminster y faire apposer les sceaux appropriés ; ce mandat ordonnera aux shérifs et baillis de l'Essex de fouiller le manoir de Cathall et d'envoyer immédiatement à la Chancellerie tous les renseignements obtenus sur Sir Walter de Montfort ou ses propriétés de l'Essex.

Le clerc opina et Corbett affronta le cercle des visages hostiles. Il s'adressa à Plumpton :

— Mon père, vous avez un serviteur ?

Le sacristain répondit affirmativement.

— Et Montfort ?

— Étrange que vous demandiez cela, coupa John de Eveden, le bibliothécaire. Il était si mystérieux. Il avait bien des serviteurs dans la cathédrale qui exécutaient ses moindres volontés, mais il n'avait aucun valet attitré, comme nous.

« Cela s'accordait bien à sa personnalité », songea Corbett en hochant la tête. Un homme qui protégeait jalousement sa vie privée et était assiégé par les rumeurs de scandale n'aurait jamais prêté le flanc aux commérages d'un valet.

— Pourquoi cette question ? reprit Ettrick d'une voix péremptoire et aiguë. Expliquez-vous ! Nous sommes des personnes intelligentes, Messire. Nous pouvons vous répondre intelligemment si vous nous questionnez intelligemment.

— Je ne mets pas votre intelligence en doute, se récria Corbett fermement. Mais j'aimerais interroger tous les serviteurs qui ont le droit d'entrer et de sortir du chapitre et de la cathédrale sans avoir besoin d'une autorisation.

Cela lui fut rapidement accordé. Blaskett fut chargé par ses compagnons de convoquer les serviteurs et d'organiser leurs entretiens avec Corbett. Ce dernier, entre-temps, expédia Hervey à Westminster tout en gardant les notes prises par le scribe. Ensuite, Ranulf et lui passèrent le reste de la matinée au chapitre à interroger au moins une douzaine de serviteurs et servantes. Corbett renvoya presque immédiatement les femmes — lavandières et blanchisseuses — qui n'avaient le droit d'entrer ni dans la sacristie ni dans les appartements des chanoines. Quant aux hommes, la plupart avaient participé aux campagnes du roi, et, en tant que vétérans, avaient reçu un poste dans la cathédrale pour services rendus. Certains de ces vieillards radoteurs aux yeux chassieux avaient d'horribles cicatrices et mutilations. Corbett mena leur interrogatoire tambour battant en leur posant deux questions : Avaient-ils apporté une gourde de vin dans le vestiaire, le matin de la mort de Montfort ? Tous répondirent par la négative. Et avaient-ils pénétré dans la sacristie ou le vestiaire après la tragédie ? Là encore, tous le nièrent. Ils n'avaient rien remarqué de suspect. Corbett s'estima satisfait. Les cloches se mirent à sonner pour l'office de none et les chanoines revinrent en rang dans le chœur pour chanter la messe. Corbett et Ranulf décidèrent de partir. Plumpton se précipita vers eux en multipliant les démonstrations d'amitié.

— Messire Corbett, Messire Corbett !

— Oui, Sir Philip ?

— Peut-être désireriez-vous voir la chambre de Montfort ?

Corbett accepta :

— Bien sûr !

A la suite du sacristain, ils gravirent un escalier à vis en pierre pour gagner l'étage. Ils débouchèrent dans un long couloir aux murs chaulés sur lequel s'ouvraient des portes en bois verni décorées de losanges.

— Chacun de ces logis, expliqua Plumpton avec orgueil, appartient à un chanoine. Voici celui de Montfort.

Il tourna sur sa gauche, choisit une clé dans l'impressionnant trousseau qui pendait à sa ceinture et ouvrit la porte.

La pièce frappait par son opulence, voire son luxe. L'une des deux fenêtres ovales garnies de verre pur était un vitrail représentant une scène de la Bible — Jonas sortant du ventre de la baleine, pensa Corbett. L'énorme lit à baldaquin était recouvert d'une courtepointe fourrée d'hermine et frangée d'or et les lourdes courtines bleues qui le fermaient en temps ordinaire avaient été tirées, laissant apparaître des oreillers rouge et blanc. Un crucifix en argent était accroché au mur. Un candélabre à deux branches, également en argent, se dressait sur une petite table de chevet ; un coffre massif était rangé sous les fenêtres, au fond de la pièce, et un autre au pied du lit. Une cheville au mur servait à suspendre capes et autres vêtements.

Corbett se retourna :

— Puis-je l'examiner ?

Sans attendre la réponse, il souleva le couvercle

du coffre installé au pied du lit, en remarquant que la serrure en était brisée. Pas grand-chose à l'intérieur : des objets disparates, des ceintures, des boucles, une paire de bottes en cuir fin de Cordoue, mais aussi deux livres : une Bible et un missel.

— Nous avons forcé la serrure, expliqua Plumpton, pour nous assurer qu'il ne contenait rien de précieux ni d'intéressant.

Corbett approuva et s'approcha du gros coffre. La serrure en avait été également brisée. Il l'ouvrit et, malgré les murmures de protestation de Plumpton, fouilla dans les vêtements, mais ce fut en vain. Il le referma et parcourut la pièce du regard.

— Messire de Monfort appréciait son petit confort ?

— Oui, mais je vous assure que nous avons déjà passé cet endroit au peigne fin. Il n'y a rien qui puisse vous être d'un quelconque intérêt.

— Pourquoi l'avez-vous fouillé ? interrogea Corbett sèchement.

Plumpton haussa les épaules.

— Après la mort de Montfort, il nous fallait dresser un inventaire de ses biens.

— Est-ce ici qu'il gardait le calice ? Je veux dire, celui qu'il a utilisé pour la messe.

— Oh non ! dit Plumpton. En tant que sacristain, je peux vous affirmer que la règle canonique exige que les objets liturgiques soient toujours conservés sous clé dans l'église ou tout près. Montfort veillait au strict respect de cette règle.

Corbett lui sourit et sortit à grands pas. Ils redescendirent. Le clerc remercia le prêtre pour son aide et son attention, puis, suivi d'un Ranulf plutôt ébahi, quitta l'enceinte de la cathédrale.

CHAPITRE X

Passant par Paternoster Row, Corbett et Ranulf gagnèrent Cheapside. Les rues s'animaient déjà. Le ciel était d'un bleu éclatant et un soleil plus vigoureux faisait petit à petit fondre les amas de neige qui dévalaient les toits pentus pour s'écraser dans les rues. Les Londoniens avaient décidé de profiter de l'accalmie et Cheapside était bondée. On avait abaissé les éventaires et ouvert les échoppes dont les auvents rayés claquaient dans la forte brise. Orfèvres, pelletiers, fourreurs, parchemineurs s'affairaient à qui mieux mieux, déterminés à rattraper le temps perdu par la faute des intempéries. Des dames, emmitouflées de capes fourrées, s'avançaient dans la neige d'un pas hésitant, suivies de servantes attentives. Des hommes de loi hautains se dirigeaient vers St Paul, l'air avantageux : ils parleraient procédure dans la nef. Des soldats du palais et de la Tour croisaient les gamins qui sortaient de partout, des apprentis surgissaient de derrière les boutiques pour héler le chaland. Deux mendiants passèrent en vacillant, agrippés l'un à l'autre, car le sol était glissant. De temps en temps, des pans de neige tombaient sur un auvent, provoquant les cris d'angoisse du marchand et les hurlements d'enthousiasme d'une horde de garnements.

Corbett avait l'impression d'arriver dans un autre monde. La cathédrale était plongée dans le froid et l'obscurité, comme prisonnière de la poigne glacée de l'hiver. La rue, elle, regorgeait de vie, de mouvement, de couleur et d'éclat. Corbett et Ranulf se frayèrent un chemin dans la foule. La plupart des gens s'efforçaient de marcher au milieu de la chaussée, loin des toits et des paquets de neige qui en chutaient. Les cordonniers, assis sur des bancs, faisaient résonner leurs marteaux. Les charretiers, qui avaient convoyé leurs marchandises en ville malgré la neige, avaient décidé de faire bombance et les tavernes n'avaient nul besoin de suspendre guirlandes ou enseignes pour attirer la clientèle des buveurs. Les affaires battaient leur plein au *Coq*, à la *Porte Rouge*, au *Soleil* et au *Cerceau*, à la *Cloche*, et au *Chat Violoneux*. Devant les portes, cuisiniers et marmitons s'égosillaient : « Tourtes chaudes ! Tourtes au fromage ! Venez ! Venez dîner ! » C'était à qui braillerait le plus fort : « Vins blancs d'Alsace ! Vins rouges de Bordeaux ! Vins du Rhin ! Vins de Charente ! » Le froid, les odeurs de cuisine et les clameurs donnèrent faim à Corbett. Il s'arrêta devant un éventaire de poissons pour assister à une altercation entre deux vendeurs qui dégénéra en bagarre. Un des protagonistes alla s'écraser contre les tréteaux, ce qui fit basculer dans la fange saumons, morues, congres, raies, esturgeons, harengs, sardines et sprats, toute une marchandise qui fut, illico presto, récupérée par les galopins ; ceux-ci, poursuivis par les vociférations désespérées du marchand, s'enfuirent sans demander leur reste ni payer un sou.

Corbett, qui appréciait tant la solitude d'ordinaire, aimait pourtant se mêler à la foule et observer les scènes de rue. Au coin d'une venelle, il aperçut un cadavre dissimulé sous une toile grossière. Le coroner du quartier avait convoqué douze personnes pour prononcer un verdict. Un malheureux avait apparemment succombé à une mort subite, ou péri au cours d'une rixe, et le coroner s'occupait à rassembler un jury qui déciderait de la cause du décès et de la procédure à adopter.

Au milieu de Cheapside s'avançait une charrette couverte d'un tissu noir sur lequel avait été peinte une croix blanche. Un cheval la tirait d'un pas morne et lent, et la clochette ornant sa bride tintait comme le glas. Un moine chartreux guidait précautionneusement l'animal dans le bourbier qu'était devenue la rue. Un banni, tête et pieds nus, jambes et chevilles bleuies par le froid, descendait Cheapside en tenant une croix de bois devant lui. Il avait accepté de s'exiler du royaume et se dirigeait vers Bridgegate, accompagné d'un sergent du guet. C'était probablement un assassin qui, ayant obtenu le droit d'asile, avait été ensuite relâché à la condition de s'exiler. Corbett savait que le criminel avait trois jours pour gagner Douvres et pensa, sans s'émouvoir, qu'il avait peu de chances d'y arriver : il serait soit tué par le froid impitoyable, soit suivi et supprimé, en quelque endroit discret, par les parents de la victime.

Le vacarme du marché s'apaisa un moment lorsqu'un officier municipal, vêtu d'un habit orné d'une tête de mort et de crânes grimaçants, agita une clochette et proclama d'une voix de stentor :

— Bonnes gens, par pitié, priez pour l'âme de notre frère bien-aimé, Robert Hinckley, qui a quitté cette vie à 9 heures, hier soir !

Autour de Corbett, on murmura une prière et le crieur s'éloigna. Le clerc décida de flâner parmi les étalages, espérant trouver quelque chose, un présent pour Maeve, parmi les coiffes de laine, les dentelles, les rubans, passementeries, soie, fil de coton et d'or, anneaux de cuivre, chandeliers, aiguières, brosses, fers à repasser. Quelque chose d'utile. Il acheta un petit fermail, en forme de croix autour de laquelle s'enroulait un dragon ; fait d'or repoussé, il était attaché à une belle chaînette tressée comme de la soie. Corbett plaça soigneusement le bijou dans son escarcelle et garda la main sur cette dernière, car l'endroit fourmillait de coupe-bourses et de tire-laine bien décidés, eux aussi, à rattraper le temps que leur avaient fait perdre les abondantes chutes de neige.

Poussés par la faim, Corbett et Ranulf entrèrent dans une taverne où régnait, malgré l'humidité et grâce au feu rugissant dans l'immense cheminée du fond, une atmosphère chaleureuse et confinée. Sans prêter trop d'attention à la paille malodorante jonchant le sol, Corbett choisit une table éloignée des autres clients, un groupe de joueurs et une jeune femme qui semblait déjà bien éméchée. L'aubergiste, gaillard trapu au ventre barré d'un tablier, s'avança en tendant vers eux ses mains luisantes de graisse en signe de bienvenue. Il leur proposa des vins sucrés de Chypre et de Sicile, mais Corbett commanda seulement de la bière et deux plats de viande rôtie et fortement épicée.

Tandis qu'ils se restauraient, Corbett poussa Ranulf du coude :

— Ce matin, dans la cathédrale, as-tu appris quelque chose qui m'aurait échappé ?

Son serviteur fit signe que non et replongea le nez dans sa chope.

— Tu en es sûr? insista le clerc.

Ranulf ne répondit pas tout de suite, jouissant de cet instant rare : celui où son maître lui demandait son avis.

— Il y a bien un détail... finit-il par dire lentement.

— Lequel?

— Montfort se tenait bien au centre, devant l'autel, n'est-ce pas? dit Ranulf en disposant symboliquement écuelles et chopes sur la table.

— Oui, confirma impatiemment Corbett.

— Ceux qui étaient immédiatement à ses côtés se tenaient tout près, je suppose?

Corbett acquiesça.

— Alors, il se pourrait que l'un d'eux, ou même les deux, ait versé le poison dans le calice après que celui-ci fut rendu à Montfort.

Corbett eut un petit sourire.

— C'est vrai. Mais reste l'énigme principale, ce que Blaskett a appelé la contradiction. Qu'est-il advenu du vin empoisonné? Quand j'ai examiné le calice, le vin était intact et sans odeur particulière.

Le clerc ne pouvait se défendre de l'idée qu'un détail lui échappait de peu, un détail qu'il avait aperçu sur l'autel, et cette sensation l'agaçait au plus haut point.

Il reposa sa chope et se renversa sur son siège, appuyé au mur. Il y avait, sans nul doute, quelque chose de louche! Il se souvint des gouttes de vin sur le sol et des autres gouttes qui sentaient le poison sur le devant de l'autel. Il y avait eu échange de calice. Mais comment? Il ne pouvait exister deux calices identiques! C'était un fait établi. Il se leva, jeta quelques pièces au tavernier et partit en recommandant à

Ranulf d'être prudent tandis que lui-même regagnait leur logement. Là, il alluma une bougie, prit son écritoire et son rouleau de parchemin, puis se mit à noter tout ce qu'il avait appris.

— *Montfort avait été empoisonné pendant la messe.*

— *Montfort était un personnage qui entourait sa vie privée de mystère.*

— *On ne savait que peu de choses sur lui, sauf qu'il connaissait une femme étrange, aperçue près du chœur le jour de sa mort.*

— *Montfort n'était pas très apprécié de la plupart de ses pairs et semblait ne pas avoir d'amis.*

— *Il était censé attaquer le projet royal de taxation dans son homélie, après la messe. Or, suborné par le souverain, il aurait, en fait, soutenu le droit de la Couronne à imposer l'Église.*

— *Comment avait-il été empoisonné ?*

— *Pourquoi lui seul avait-il péri, et non les autres célébrants (qui avaient tous bu le vin consacré pourtant) ?*

— *Si on admettait qu'il avait été empoisonné par le vin, où était passé le reste de vin ?*

— *On pouvait, à la rigueur, imaginer l'existence de deux calices. Mais qui les aurait échangés et quand ? Aurait-on pu en exécuter une réplique exacte ?*

Corbett se leva tôt, le lendemain. Il ne prit pas la peine d'appeler Ranulf, mais revêtit son plus bel habit de cérémonie et sortit. Plumpton lui avait dit que la messe d'enterrement de Montfort devait avoir lieu à 11 heures. Il se dirigea lentement vers la cathédrale, tournant et retournant dans sa tête les questions qui l'obsédaient et dont il avait dressé la liste la veille au soir. Certes, il y avait là une énigme, qu'il ne pouvait encore élucider, mais il avait la conviction que s'il mettait la main sur les morceaux manquants, le puzzle se reconstituerait de lui-même. Il remonta Cheapside, quasiment déserte à cette heure-là, à part quelques mendiants pressés et furtifs. Deux malheureux étaient attachés au pilori : un boulanger et un poissonnier. Ce dernier avait vendu du poisson pas très frais, délit majeur, car nombre de médecins y voyaient une cause de lèpre. Ses mains et sa tête étaient emprisonnées dans des anneaux de fer, tandis que sous son nez se balançait un poisson pourri. Le boulanger, à côté de lui, n'en menait pas large non plus. Une pancarte accrochée à son cou proclamait que Thomas-atte-Criche, boulanger, s'était rendu coupable du grave forfait de vol de pâte. Corbett dévisagea le pauvre homme :

— Qu'avez-vous fait ? demanda-t-il en lui épongeant le front d'un pan de son habit.

— C'est la faute de mon apprenti, souffla l'autre péniblement. Les clientes apportaient leur pâte à cuire et la déposaient sur la table de l'échoppe. Moi, je devais la mouler pour la faire cuire, mais en réalité il y avait une petite trappe dans la table. Mon apprenti se cachait dessous et enlevait des morceaux de pâte. Je cuisais alors les miches et les redonnais à mes clientes. Puis avec le reste, je faisais du pain frais que je vendais.

Le boulanger cracha.

— Je n'aurais jamais dû me fier à ce garçon ! C'est lui qui m'a dénoncé !

Il regarda Corbett d'un air lugubre, sa face replète blêmissant sous la douleur causée par l'anneau de fer qui lui enserrait le cou.

— Je suis ici jusqu'à la tombée de la nuit.

Corbett lui adressa un petit signe d'encouragement avant de s'éloigner. Le malheureux n'aurait pas trop à attendre : la nuit vient vite en hiver.

Corbett atteignit Paternoster Row et pénétra dans l'enceinte de St Paul. Les portes avaient été ouvertes dès la fin de l'office de prime et les bedeaux se tenaient aux portails. Corbett glissa quelques mots à l'un d'eux et fut autorisé à remonter la nef. On avait allumé des torches dans le chœur et la lueur des grands cierges sur le maître-autel flamboyait et dansait parmi la pénombre. Les chantres gagnaient les stalles et le cercueil de Montfort reposait entre le sanctuaire et les marches de l'autel. Corbett s'approcha pour mieux le voir : le cercueil, en bois de pin poli, était placé sur des tréteaux drapés de cramoisi. De chaque côté se dressaient de noirs candélabres en fer forgé où brillait la flamme tremblotante de bougies pourpres. Quelqu'un avait déposé une fleur sur le cercueil. Corbett parcourut l'église du regard et aperçut au coin du chœur, au même endroit que précédemment, la femme qu'il avait vue le jour de la mort de Montfort. La faible assistance, composée essentiellement de curieux, apportait la preuve terrible que le défunt n'avait eu que peu d'amis. Corbett allait rejoindre la femme quand elle tourna soudain les talons et s'éloigna rapidement dans la nef. Il la regarda s'en aller, puis attendit, appuyé contre un pilier, que débute la cérémonie.

La messe de Requiem commença enfin. Comme celle qu'avaient suivie Corbett et le roi, quelques jours auparavant, elle était célébrée par cinq ou six chanoines, Sir Philip Plumpton faisant office de célébrant principal. Corbett se retint de sourire. Plumpton n'avait que haine pour le disparu, et pourtant il était là à implorer la miséricorde de Dieu pour son âme ! On chanta la prière des morts, on bénit et encensa le cercueil avant que six solides gaillards ne l'emportent vers le cimetière, précédés par les bedeaux et par trois servants qui brandissaient les bannières de la Sainte Vierge, de saint Georges et de saint Paul. Derrière venait Plumpton, suivi par les autres chanoines et les enfants de chœur, vêtus d'aubes et tenant de petits cierges à la main. Le cercueil était entouré de porteurs de torches, au nombre de cinquante-six, chacun représentant une année de la vie du défunt. Derrière le cercueil, dissimulé à présent sous de précieux tissus d'or, un groupe de femmes en grand deuil, au voile de dentelle noire, sanglotait bruyamment. Corbett n'eut pour ces pleureuses professionnelles qu'un regard de dédain : il n'avait que faire de ceux qui profitaient des morts. Il vit la longue et douloureuse procession quitter la cathédrale et se diriger, en serpentant, vers le fond du cimetière, là où un monticule de terre fraîchement creusé indiquait la dernière demeure de Montfort.

Il resta près du portail, percevant à peine les marmonnements de Plumpton qui, une nouvelle fois, implorait Dieu de recueillir en son sein son serviteur bien-aimé, Walter de Montfort. Le cercueil fut descendu dans la fosse. Corbett entendit résonner les poignées de terre que l'on jetait sur le couvercle de bois et l'assistance endeuillée revint dans la cathédrale. Corbett perçut le soulagement ambiant : tout était fini. Le portail se referma. Le bruit des pelles des fossoyeurs achevant leur travail parvint faiblement aux oreilles du clerc. Après un laps de temps respectable, Corbett traversa le chœur en s'agenouillant devant la veilleuse du tabernacle, et entra dans la sacristie. Plumpton était en train d'ôter amict, aube et étole, tous ces vêtements liturgiques qui semblaient nécessaires aux prêtres pour pouvoir s'adresser à Dieu. Le chanoine avait senti la présence de Corbett, mais celui-ci dut attendre que Plumpton eût enlevé ses habits de messe et se décidât à le saluer.

— Messire Corbett, je n'irai pas jusqu'à dire que c'est un plaisir de vous revoir.

— Mon père, répliqua jovialement Corbett, je suis chargé de mission par le roi.

En toute autre occasion, Plumpton n'aurait pas réprimé un gémissement de protestation, car il avait fini par haïr ce fouineur de clerc, aux traits durs et aux yeux de chat, qui ne laissait pas les morts en paix et ne cessait de le harceler de questions.

— De quoi s'agit-il ? s'enquit-il sèchement.

— Au nom du roi, j'aimerais que vous et les quatre autres célébrants de cette messe fatidique me rejoigniez dans le sanctuaire.

— Comment cela ? s'écria Plumpton en reculant, les yeux plissés sous la stupéfaction. Pourquoi ne pas laisser cette terrible affaire tranquille ?

— Pourquoi ne pas poser cette question à notre souverain ? Vous en aurez l'occasion si vous refusez.

Plumpton tourna les talons en soupirant et sortit d'un pas lourd. Corbett embrassa la pièce du regard : armoires, énormes coffres en cuir renforcés de ferrures, tous bien verrouillés, certains avec trois ou quatre serrures, caisses remplies de bougies de diverses teintes selon leur degré de pureté, boîtes de veilleuses, de cierges, tonnelets d'encens... il n'y avait là rien qui offrît le moindre intérêt. Il s'approcha d'une grande armoire que Plumpton n'avait pas refermée à clé et l'ouvrit : des vêtements liturgiques y étaient rangés, leurs différentes couleurs correspondant aux différents temps liturgiques. Au fond, à gauche, il vit les chasubles portées pendant la fameuse messe et les soumit à un examen approfondi. Une tache sur l'une d'elles attira son attention. Le souffle court sous l'effet de la surexcitation, il referma l'armoire en entendant des bruits de pas dans le couloir. Plumpton, accompagné des autres chanoines, entra en coup de vent. Ils étaient tous fort courroucés d'avoir été arrachés à leurs diverses occupations pour faire les quatre volontés de ce petit clerc. Corbett devinait leurs pensées et percevait leur rancœur. Seuls Blaskett et Luce paraissaient calmes.

Corbett attendit un instant avant de prendre la parole.

— Mon père, dit-il en s'adressant au sacristain, je vous en prie...

Il s'effaça pour laisser passer Plumpton qui gravit les marches du chœur, les autres chanoines sur ses talons, jusqu'à ce qu'ils fussent tous rassemblés devant l'autel. Corbett, qui s'était emparé d'un simple gobelet d'étain laissé dans la sacristie, pria les chanoines de reprendre exactement les places qui étaient les leurs lors de la messe fatidique, tandis que lui assumerait le rôle de Montfort. Il leur demanda ensuite de répéter le rituel de la communion. Le gobelet fut d'abord remis sur sa droite, à Eveden et Ettrick, puis ce dernier le fit passer aux autres jusqu'à Blaskett, qui le tendit à Luce et à Plumpton qui le redonna à Corbett. Le clerc remarqua un détail, pourtant. Ranulf avait eu raison : cachés par les autres officiants, Eveden ou Plumpton auraient pu verser du poison sans être vus, bien que subsistât le risque d'alerter Montfort. De plus, si Plumpton ou Eveden avaient été coupables, ils se seraient remarqués mutuellement. Est-ce que les deux auraient conspiré ensemble ? Corbett rejeta cette idée trop invraisemblable : ils se détestaient cordialement, il n'existait entre eux ni connivence ni camaraderie. Corbett allait les remercier et les congédier quand soudain une voix s'éleva derrière lui :

— Et l'Ange du Seigneur s'abattit sur l'autel et le purifia de son glaive !

Corbett fit volte-face et observa l'endroit où vivait le reclus. Par la fente, il discerna ses yeux étincelants qui le foudroyaient. Corbett descendit les marches.

— Que voulez-vous, homme de Dieu ? Qui est l'Ange de Dieu ?

— Mais toi, bien sûr ! s'écria le reclus à haute et claire voix. C'est toi l'émissaire que Dieu a envoyé rendre justice et, sinon Dieu, du moins le roi !

— Alors, vous qui êtes si clairvoyant, rétorqua Corbett d'une voix moqueuse, prêt à faire demi-tour et à rejoindre les chanoines, pourquoi n'avez-vous pas vu celui qui a assassiné Montfort ?

— Je vois ce que tu as accompli, reprit la voix. J'ai réfléchi à la contradiction à laquelle tu te heurtes.

— Et quelle est la solution ?

— C'est simple. Tu te demandes comment les autres ont pu boire le vin consacré après Montfort, alors qu'eux sont en vie et que lui est mort. C'est exact ?

Corbett acquiesça, les yeux rivés sur son interlocuteur.

— Mais ils ne te l'ont pas dit ! Demande-leur !

— Leur demander quoi ?

— Demande-leur combien de fois Montfort a bu au calice. Rappelle-leur la règle canonique. Avant que le calice soit offert en symbole de paix, le célébrant boit toujours une seconde fois. La première fois, il communie, la seconde, il symbolise le baiser de paix. Pourquoi ne pas leur demander ?

Corbett se retourna d'un bond et regarda les chanoines. Ils n'avaient pas besoin de répondre, la réponse se lisait sur leurs visages.

— Révérends pères, s'écria-t-il, vous feriez mieux d'aller m'attendre dans la sacristie.

Ils s'éloignèrent, cette fois aussi obéissants et doux que des agneaux.

Corbett s'approcha du refuge du reclus.

— Dites-moi, saint homme, qu'avez-vous vu ? Y a-t-il autre chose que je devrais savoir ? Qu'est-il arrivé quand Montfort s'est effondré ?

Le reclus se contenta de ricaner tranquillement.

— Dites-le-moi ! insista Corbett.

— Je n'ai rien vu, expliqua lentement l'ermite. Lorsque Montfort est tombé, je suis, moi aussi, tombé à genoux dans cette cellule pour prier Dieu d'avoir pitié de son âme pécheresse. C'est toute l'aide que je peux t'apporter. Et un conseil aussi : prends garde à toi, ces chanoines veulent ta mort.

CHAPITRE XI

Courroucé et secrètement inquiet, Corbett remercia le reclus à voix basse et regagna la sacristie à longues enjambées. Les chanoines, l'air penaud comme des garnements pris en faute, n'osaient pas le regarder en face.

— Il semblerait, s'exclama-t-il, que nous ayons un point de détail à éclaircir.

Il fourragea sous sa cape, dégaina son épée et la tint par le pommeau.

— Je jure, poursuivit-il, qu'à moins que vous ne me disiez la vérité sur ce que vous avez vu, senti ou entendu près de ce maître-autel lors de la mort de Montfort, je jure, par la Croix du Christ, que je vous envoie à la Tour avant le coucher du soleil !

Il les dévisagea l'un après l'autre avec colère, puis rengaina son arme et s'appuya contre le coin de la table, bras croisés. Plumpton s'avança, s'humectant nerveusement les lèvres.

— Le reclus a dit vrai, concéda-t-il. Il doit avoir observé toute la scène, car une des seules exigences d'un reclus est de bien voir l'autel pour pouvoir contempler le crucifix et révérer l'hostie et le calice au moment de l'élévation. Montfort a bien bu deux

fois. C'est ce qu'il devait faire d'après la règle canonique.

Il regarda Ettrick.

— Montfort avait oublié, en fait. Ce fut Sir David
qui le lui rappela.

— Est-ce exact, mon père? demanda Corbett
sèchement.

L'Écossais acquiesça.

— J'ai vu le calice revenir et Montfort s'apprêter
à descendre les marches de l'autel. Je me suis appro-
ché et lui ai parlé au creux de l'oreille. Les fidèles
auront pensé que cela faisait partie du rituel. Il a
donc levé le calice et bu. Vous connaissez la suite.

— Vraiment? s'écria Corbett d'une voix tran-
chante. Y a-t-il autre chose que je devrais savoir?

Personne ne répondit.

— Y a-t-il autre chose que je devrais savoir?
répéta-t-il.

Silence.

Corbett jeta un coup d'œil à Plumpton.

— Eh bien, moi, j'aimerais vous poser d'autres
questions à vous tous. Mais je me permettrai de vous
rappeler, mon père, dit-il au bibliothécaire, que vous
étiez la personne la plus proche de Montfort avant
qu'il bût le vin consacré.

Eveden eut un air tragique :

— Mais ce n'est pas juste, bafouilla-t-il. Ce n'est
pas juste. Chacune de vos paroles est une flèche
empoisonnée !

— Certes, mais je n'arrêterai ces interrogatoires,
rétorqua Corbett, que lorsque j'aurai élucidé cette
énigme. Quoi qu'il en soit, vous, mon père, poursuivit-il à l'adresse de Plumpton, vous avez affirmé que,
comme vous tous, le doyen gardait dans cette sacristie les objets liturgiques dont il se servait.

151

Plumpton opina.

— J'aimerais les voir.

Le sacristain prit le trousseau de clés qui pendait à sa ceinture et se dirigea vers le fond de la pièce. Là, dans un coin, était rangé un coffre en cuir et en bois, renforcé de ferrures, et pourvu de quatre serrures qui, chacune, s'ouvraient avec une clé distincte. Lorsqu'il les eut actionnées, Plumpton releva le couvercle. Corbett étouffa un cri de stupéfaction. Il y avait là quantité d'objets superbes, un véritable trésor que même le monarque aurait pu envier : ostensoirs ornés de joyaux, patènes d'or, plats d'argent, et au moins une douzaine de calices précieux. Certains étaient dans des sacs de cuir de Cordoue rouge, d'autres dans des boîtes, mais la plupart gisaient en vrac, là où on les avait négligemment jetés. Le coffre était doublé d'épais samit.

Sir Philip manipula délicatement les calices avant d'en choisir un. Corbett le reconnut comme étant celui qu'il avait tenu en main, le matin de la disparition de Montfort. Plumpton le lui apporta. Un chef-d'œuvre d'orfèvrerie, ciselé plus de cent ans auparavant au moins, estima Corbett, avec une coupe d'or fin montée sur une tige et un socle d'argent massif incrusté d'or et de pierres fines. Corbett retourna le vase sacré et vit le poinçon de l'orfèvre. L'or repoussé de la coupe était si pur et si éclatant qu'il brillait de mille feux à la lumière des bougies. Corbett l'approcha de son visage et le huma : il ne sentit qu'une faible odeur de produit à polir et de vin coupé, rien d'autre. Il le fit passer d'une main à l'autre pour mieux en apprécier la valeur.

— Il n'existe pas de calice identique, n'est-ce pas ? demanda-t-il en le rendant à Plumpton.

Un chœur de dénégations lui répondit.

— Ce calice, s'empressa d'ajouter Eveden, est unique. Seul un maître orfèvre a pu l'exécuter. Tout le monde savait que c'était celui du doyen.

Corbett fit signe qu'il comprenait.

— A présent, j'aimerais résoudre un autre problème. Montfort a bien dû laisser des papiers personnels?

— En effet, confirma Plumpton. Nous les avons rangés dans la salle du Trésor. Il nous faut dresser un inventaire pour le shérif et les autres officiers municipaux.

— Pourquoi ne pas me les avoir montrés? s'enquit le clerc. Vous n'avez pas hésité, pourtant, à me faire voir sa chambre!

Il embrassa la pièce du regard et poursuivit :

— Cette sacristie fera l'affaire. Je veux que l'on m'apporte ses papiers sur-le-champ.

Plumpton allait protester, mais se ravisa vite en voyant le visage courroucé de Corbett. Il lui désigna une chaise et la table, avant de partir en hâte. Corbett congédia les autres chanoines, se félicitant de les voir moins arrogants en quittant la sacristie qu'en y entrant. Peu après, Plumpton revint, suivi de trois serviteurs ahanant sous le poids d'un énorme coffre en cuir que Corbett leur ordonna, d'un geste, de hisser sur la table, ce qu'ils firent avant de se retirer. Corbett l'ouvrit.

— Ce sont là les papiers personnels de Montfort?

— Ses biens meubles, affirma Plumpton, utilisant le terme légal. C'est tout ce qu'il possédait, à part les vêtements que vous avez vus. Il y a là des livres, ses papiers et des objets précieux.

— Très bien. Pourriez-vous faire allumer plus de

bougies, apporter un brasero et peut-être un peu de vin ? Je vais passer au crible le contenu du coffre, et ensuite je vous le rendrai.

Et sans attendre de réponse, Corbett se mit en devoir de vider le vaste meuble.

Après trois heures de recherches, il en vint à la conclusion qu'il ne contenait rien de bien important. A part un volumineux livre de comptes, il n'y avait pas grand-chose : des bouts de parchemin annotés, des chapelets, un crucifix brisé et des documents consistant en traités et comptes rendus sans intérêt. Corbett convoqua Plumpton et l'informa que sa tâche était achevée, mais qu'il emporterait chez lui le livre de comptes pour l'étudier plus à loisir. Sir Philip éleva de vives protestations, mais Corbett lui rappela qu'il tenait sa mission du roi et que toutes objections et revendications éventuelles devaient être adressées, non au messager du souverain, mais au roi Édouard en personne, à Wetsminster. L'air plus conciliant, Plumpton ordonna aux serviteurs de tout remettre dans le coffre et sortit dignement de la sacristie. Corbett allait l'imiter lorsqu'il entendit timidement frapper à la porte.

— Entrez !

La porte s'ouvrit sur John de Eveden. Avec l'air contrit d'un gamin venu présenter des excuses, le bibliothécaire alla s'asseoir sur un tabouret près du seuil, mains croisées sur les genoux. Corbett, debout, s'emmitouflait dans sa cape en jouant avec le fermail.

— Vous désirez me parler, mon père ?

Le chanoine répondit que oui.

— Que se passe-t-il ? Vous ressemblez à une servante qui vient se confesser.

— Je ne suis pas une servante, rétorqua sarcastiquement Eveden, mais j'ai quelque chose à confesser.

— Allez-y.

— Je n'ai pas bu le vin consacré.

— Que voulez-vous dire?

— Que je n'ai pas bu quand on me passa le calice.

Corbett s'approcha de lui et le fixa d'un air interrogateur :

— Pourquoi?

Le bibliothécaire haussa les épaules :

— Vous, laïcs, ne savez pas ce qu'est la vie d'un prêtre. Vous nous jugez sans cesse, vous nous mettez sur un piédestal comme des spécimens parfaits d'humanité, mais vous nous attaquez sans merci quand nous ne le sommes pas. C'est mon cas. Ma faiblesse, c'est, ou plutôt c'était, le jus de la treille, le vin. Je passais, autrefois, des journées et de longues nuits à boire, verre après verre. C'était mon seul vice. Une nuit, j'ai fait le serment de ne plus boire après m'être retrouvé ivre, dans des circonstances que je ne décrirai pas. Je me suis traîné comme un enfant au pied de l'autel et j'ai juré de ne plus jamais absorber de vin, consacré ou non. C'est tout ce que vous devez savoir.

Il eut un geste las.

— Je n'ai pas bu le vin consacré qu'a bu Montfort.

Corbett le dévisagea. Il sentait au fond de son cœur que le bibliothécaire disait la vérité, mais il se demanda quelle raison l'incitait à agir ainsi et pourquoi maintenant.

— Dites-moi, mon père, lorsque Montfort s'est effondré, que s'est-il passé?

— Nous l'entourions. Je ne comprenais pas ce qui arrivait, et mes frères non plus.

Eveden se passa la main sur les yeux :

— Tout n'était que confusion et chaos. Je ne me souviens de rien. Les gens ne savaient plus où donner de la tête.

— Avez-vous vu quelqu'un s'approcher de l'autel ?

— Non.

— Rien de suspect ?

— Non, répéta fermement le bibliothécaire.

— En ce qui concerne les commérages échangés par vos compagnons... Ont-ils aperçu quelque chose d'étrange ?

Eveden lança un regard perçant au clerc.

— Non, je jure n'avoir rien entendu qui sorte de l'ordinaire ou puisse donner lieu à des soupçons.

— Dites-moi, reprit Corbett, quels étaient les vêtements que vous portiez pour cette messe fatidique ? Comment chacun était-il habillé ?

Eveden fit un grand geste.

— Comme d'habitude : d'une tunique, d'une longue aube blanche retenue par une cordelette dorée, de l'amict[1], du manipule[2] de soie, de l'étole et bien sûr de la chasuble par-dessus le tout. Pourquoi ?

— Pour rien. Où se trouvent les chasubles ? Les garde-t-on ici ?

— Oui.

— Et les aubes et les tuniques ?

---

1. Amict : linge que le prêtre porte sur les épaules durant la messe. *(N.d.T.)*
2. Manipule : linge que le prêtre porte au bras gauche durant la messe. *(N.d.T.)*

Le bibliothécaire haussa les épaules :

— Elles sont remises à la lavandière qui les lave et les repasse, tout simplement. Voulez-vous savoir autre chose ?

— Non, je pense que vous avez répondu à toutes mes questions.

Sur ce, Corbett prit congé d'Eveden et traversa à grands pas le chœur désert pour gagner la nef. L'activité qui y régnait tirait à sa fin : les hommes de loi et les parchemineurs s'en allaient nonchalamment et les douze écrivains publics rangeaient leurs écritoires dans leurs petites sacoches en cuir.

Alors que Corbett franchissait le portail ouest, on lui toucha l'épaule. Il se retourna d'un bloc, la main sur son épée, et à la lumière décroissante du crépuscule il reconnut le visage replet, mais encore avenant, de la courtisane.

— Que voulez-vous, Madame ? lança-t-il, agacé.

— Ne soyez pas si agressif, Messire, répondit-elle. Comme je ne doute pas que vous vous renseignez sur moi, j'ai préféré venir me présenter moi-même.

— Vous vous appelez... ?

— Abigail. Que désirez-vous savoir ?

— Ce que vous voulait le doyen de St Paul, Walter de Montfort.

La femme eut une moue entendue :

— Ce que veut chaque homme.

— C'est-à-dire ?

— Vous êtes encore par trop brutal, Messire ! Puis-je connaître votre nom ?

— Hugh Corbett, haut magistrat à la Chancellerie.

Elle répéta ses paroles en le singeant si bien qu'il ne put retenir un sourire.

— Je suis désolé ! J'ai froid, je n'aime pas la mission dont je suis chargé et je suis exténué. Si vous voulez jouer à de petits jeux, à votre aise, mais pas maintenant, une autre fois.

— Tout doux, Messire, tout doux !

Son interlocutrice posa une main gantée d'hermine sur son poignet :

— Je pensais qu'il ne se passerait guère de temps avant que vous ne me rendiez visite, aussi ai-je décidé de prendre les devants, par pure courtoisie.

— C'est bien, approuva Corbett, mais vous n'avez pas répondu à ma question. Quelles étaient vos relations avec Walter de Montfort ?

— C'est très simple. Je tiens sa maison de Candlewick Street.

— Que voulez-vous dire, vous la « tenez » ?

— Il me la loue.

— Qu'a-t-elle de spécial ?

— Oh ! vous n'êtes jamais venu chez moi, Messire ; si vous l'aviez fait, vous n'auriez pas manqué de remarquer ses nombreuses chambres, toutes luxueusement décorées !

— J'ai compris : c'est un bordel ! coupa Corbett avant de regretter sa brutalité en voyant sa visiteuse accuser le coup.

Il l'observa plus attentivement. Elle avait dû être belle dans sa jeunesse comme le suggéraient son visage en forme de cœur, ses yeux gris bien espacés, son petit nez parfait et sa bouche faite pour les baisers. Par certains côtés, elle lui rappelait Maeve : comme elle, c'était une fine mouche capable de tenir la dragée haute par ses répliques acérées.

— Et Montfort, reprit lentement Corbett, était-il au courant que vous teniez un bordel ?

— Bien sûr ! Il empochait la moitié des bénéfices.

Corbett se mit à rire à gorge déployée. Les gens quittant la cathédrale jetaient des coups d'œil stupéfaits à cet homme vêtu de sombre dont les bruyants éclats de rire résonnaient dans la pénombre. La femme demanda en souriant :

— Qu'y a-t-il de si amusant ?

Corbett s'essuya les lèvres :

— En ce bas monde, les apparences sont trompeuses. Tenez, parlez-moi plutôt de Montfort.

Elle eut un haussement d'épaules :

— Comme tous les hommes, il était aussi imbu de lui-même qu'un coq chantant sur un tas de fumier. Il tenait divers rôles, jouait la comédie. La vie n'est faite que de cela, Messire Corbett. Montfort, en habits liturgiques devant le maître-autel... Je l'ai vu dans des situations... comment dirais-je ?... moins dignes. Et néanmoins, il n'était pas différent des autres, pas différent du roi qui rend la justice tout en accablant le peuple d'impôts, ou d'un chevalier qui porte la croix rouge des croisés et pourfend autrui pour l'amour du Christ, ou d'un prêtre qui prétend valoir plus que les autres mais est pire car il ne pratique pas ce qu'il prêche.

Elle s'approcha si près de Corbett qu'il distingua la pâleur crémeuse de sa peau et respira son parfum.

— Et vous, qui êtes-vous, Messire ?

Elle le regarda fixement :

— Non, vous n'êtes pas un jeune coq, plutôt un faucon. Perché haut dans l'arbre, vous surveillez tout d'un œil froid et calculateur pour agir ensuite avec la plus extrême efficacité.

Corbett aurait vertement répliqué à tout autre individu, mais l'esprit et la force de caractère de son interlocutrice le laissèrent pratiquement sans voix.

— Eh bien, Messire, maintenant, vous savez qui je suis et quelles étaient mes relations avec le doyen.

— Une dernière question, insista Corbett. Êtes-vous contente qu'il soit mort ?

La haine enflamma le regard de la courtisane.

— Oh que oui ! dit-elle avec véhémence. C'était un homme sans cœur. Il m'a roulée et persécutée, il m'a forcée à suivre ses instructions à la lettre sous menace d'être arrêtée par les huissiers et les sergents et d'être fouettée publiquement dans les rues. Il était toujours là, âpre à la curée, et veillait bien à ce que je lui donne la moitié de mes gains. Oui ! Je me réjouis de sa disparition. Celui qui l'a tué m'a rendu un fier service ! S'il ne l'avait pas fait, Messire, croyez-moi, un jour ou l'autre, c'est moi qui l'aurais assassiné !

Et sur ce, elle fit volte-face, sa jupe ondulant autour d'elle, et descendit bruyamment les marches.

Corbett la rappela :

— Abigail !

Elle s'arrêta et se retourna, un léger rictus aux lèvres.

— Oui, Messire ?

— Il n'y a probablement que cinq personnes honnêtes dans cette ville, et vous êtes l'une d'elles !

Son sourire s'élargit, révélant des dents parfaites :

— Peut-être nous rencontrerons-nous un jour, Messire, dans un décor plus agréable !

Corbett grimaça, mais elle avait déjà disparu dans l'obscurité sans attendre sa réponse.

L'office de complies était achevé à St Paul et les chanoines avaient quitté la cathédrale pour regagner qui le réfectoire, qui sa cellule. Toutes les portes étaient fermées à clé. A l'extérieur, la chape de neige luisait sous la pleine lune, le vent s'était levé et son sifflement inquiétant cernait l'édifice et le faisait craquer et gémir. Même les malheureux endurcis qui avaient obtenu le droit d'asile et cherché refuge parmi les tombes, vivant dans des cabanes de fortune près de l'immense enceinte, grelottaient et serraient leurs hardes plus étroitement autour d'eux en se jurant de ne pas sortir par une nuit pareille. Le jour, St Paul était une vraie ruche, mais cette activité n'était qu'un masque dissimulant la menace larvée et le terrible silence qui tombait, une fois la cathédrale fermée.

Les bannis auraient été encore plus épouvantés s'ils avaient pu pénétrer dans l'église verrouillée et voir, accroupi à la base d'un pilier, la silhouette encapuchonnée qui fredonnait un hymne en fixant les ténèbres de ses yeux flamboyants de colère. L'homme s'arrêta de chantonner et se mordilla la lèvre d'un air pensif. Il n'aurait pas dû se trouver là, mais c'était le meilleur endroit pour réfléchir. Les complots et les stratagèmes, comme les chauvessouris, prennent leur envol plus facilement la nuit ! Il n'avait pas eu l'intention de tuer Montfort, bien qu'il ne fût pas mécontent de la disparition de cet hypocrite bavard et borné. Il maudit son erreur. C'est Édouard d'Angleterre qui aurait dû s'écrouler, mort, en présence de ses sujets laïcs et ecclésiastiques ! Tous y auraient vu le jugement de Dieu, et la mort de son frère ainsi que celle de sa belle-sœur et de ses neveux auraient été vengées !

Il leva la tête et scruta l'obscurité d'un regard aigu. Il connaissait les rumeurs selon lesquelles la cathédrale aurait été bâtie sur l'emplacement d'un temple dédié à Diane et il se demanda si les vieilles

divinités y rôdaient encore. Auquel cas il en appelle-
rait à ces démons et leur offrirait son âme en échange
de la chute d'Édouard. Il y aurait d'autres occasions,
pourtant. Il fallait d'abord se débarrasser de ce fouineur de Corbett. Il se mordit férocement le pouce,
sans sentir aucune douleur. Seigneur ! ce qu'il détestait ce gêneur ! Avec son long visage sombre encadré
de cheveux noirs ébouriffés, et ses yeux de chat,
obliques, verts, toujours sur le qui-vive, qui avaient
quelque chose de glacial et de distant... L'homme se
frotta les mains en souriant. Oui, il faudrait s'occuper
de Corbett et il faudrait s'en occuper rapidement.

CHAPITRE XII

Corbett consacra les trois journées suivantes à passer au crible les comptes que Montfort avait jetés à la va-vite sur des feuilles de parchemin cousues de grosse ficelle. Il n'y figurait aucune référence à la cathédrale; c'était une simple liste non seulement de dépenses, mais encore d'impressionnants dépôts d'argent chez plusieurs banquiers. Corbett se demanda fugitivement combien, parmi ces derniers, admettraient détenir des fonds au nom du doyen. Il était fasciné par la diversité des sources de revenu : certaines sommes étaient peu importantes — traitements et bénéfices ecclésiastiques, dons de parents proches ou de fidèles —, mais d'autres, au contraire, étaient considérables, consistant littéralement en centaines de livres sterling, en sacs remplis de pièces d'argent, qui provenaient, chaque trimestre, de deux endroits : le manoir de Cathall en Essex et les maisons de Londres.

Corbett connaissait à présent le secret des résidences londoniennes, mais Cathall l'intriguait. Il songea à s'y rendre, mais après de nombreux aller retour jusqu'au seuil pour juger du temps, il décida que la situation pouvait encore empirer et qu'il valait mieux ne pas courir le risque d'être bloqué par les intempéries dans un village de l'Essex. En outre, si le dégel continuait, ses lettres parviendraient bientôt au shérif et autres officiers de l'Essex qui recueilleraient alors les renseignements à sa place. Puis Corbett s'interrogea sur les apparitions intermittentes de Ranulf ces derniers temps : il était venu une fois pour changer de vêtements, une autre fois pour demander de l'argent à son maître qui le lui avait accordé machinalement. Le clerc ne cherchait pas trop à savoir ce que faisait son serviteur. Il lui avait défendu, une fois pour toutes, d'enfreindre la loi, mais en dehors de cela, il le laissait se débrouiller avec sa conscience et son confesseur. Cela dit, il était persuadé que Ranulf s'adonnait sans retenue aux plaisirs de la chair pour l'avoir souvent vu conter fleurette, au mépris de tout danger, aux épouses et filles d'autrui.

Les soupçons du clerc étaient tout à fait fondés, car Ranulf courtisait, pour l'heure, la jeune épouse d'un mercier, une arrogante donzelle aux hanches bien arrondies. Cela faisait des jours qu'il la poursuivait de ses assiduités, convaincu que sa proie allait bientôt succomber. Ce dimanche soir, pourtant, il revint au logis de Bread Street avec une botte en moins. Corbett, plongé dans ses pensées, ne le remarqua pas, et Ranulf manqua de l'humilité nécessaire pour avouer que, se préparant à une nuit de délices dans la chambre de sa conquête, il avait soudain vu surgir le mari, censé être au loin pour son négoce, qui avait écourté son voyage en raison des intempéries. Ranulf avait été forcé de prendre la poudre d'escampette, poursuivi par les cris rageurs de l'un et les hurlements apeurés de l'autre.

Il s'était glissé furtivement dans sa chambre,

redoutant les questions de son maître, mais ce dernier était totalement plongé dans la reconstitution des événements de St Paul.

D'abord Corbett détailla la tenue de chaque chanoine : l'aube blanche retenue par une cordelière, la chasuble, l'imposante chape, aux couleurs de la fête du jour, tissée d'or et ornée de pierres fines, l'étole de même couleur et l'amict. Il repensa aux chasubles et aux épaisses chapes parsemées de joyaux qu'il avait vues dans l'armoire de la sacristie.

Ensuite il étudia à nouveau la position des célébrants ce jour-là : Eveden et Ettrick, l'Écossais, à la droite de Montfort, le jeune Blaskett, Luce et Plumpton à sa gauche. Il retraça le trajet du calice qui, remis à Ettrick, avait été passé à Plumpton, Luce et Blaskett, avant que Luce et Plumpton ne le redonnent à Montfort qui avait commis le geste fatal. Eveden avait assuré Corbett qu'il n'avait pas bu le vin consacré. Le clerc hésitait à le croire. Il était sûr de l'avoir vu siroter du vin lors du banquet qui avait suivi la mort de Montfort. Le bibliothécaire mentait-il ? S'il disait la vérité, l'explication logique était que le poison avait été versé par Blaskett ou Luce. Ou encore par Plumpton qui, sur la gauche de Montfort, pouvait très bien être le mystérieux assassin. Sans compter que, même si Eveden n'avait pas bu, cela n'empêchait pas qu'il ait pu empoisonner le calice.

Corbett examina à nouveau le plan. Il essaya de se remémorer le maître-autel tel qu'il était lorsque le roi lui avait demandé de l'inspecter. Il avait aperçu quelque chose d'anormal, qui le chiffonnait d'étrange façon, quelque chose qui n'était pas à sa place. Il se souvint des taches sur le devant de l'autel et du vin sur le tapis. Son esprit traquait l'énigme. Il avait l'impression d'être un chien qui, lâché dans une forêt, aurait pourchassé des ombres. Il n'avait rien découvert de très important, à part la présence d'une force maléfique à St Paul. Peut-être, en tant que loyal serviteur du suzerain, devrait-il exiger que l'évêque de Londres menât l'interrogatoire des chanoines et extirpât cette force maléfique, car le Mal se dissimulait derrière les rivalités, jalousies et rancœurs normales dans toute petite communauté vivant en vase clos.

Corbett passa le plus clair de la soirée de dimanche à tenter de résoudre le mystère, mais en vain. A la fin, il reposa sa plume, ouvrit les vantaux de la fenêtre et contempla la ville. De lourdes nappes de brume, surgies de la Tamise, l'avaient envahie et cachaient le ciel. Il ne distinguait, par-ci par-là, que l'éclat tremblotant d'un feu ou les lueurs des lanternes accrochées à l'entrée de leur demeure par les Londoniens. Il voulait en terminer avec cette affaire. Il pensa à Ranulf, là-haut, dans sa soupente, et envia l'aptitude du jeune homme à profiter de chaque instant de la vie. Il leva les yeux. Là-bas, au pays de Galles, les mêmes cieux enveloppaient Maeve comme un linceul. Il ressentit soudain le désir brûlant d'être à ses côtés et éprouva une telle soif d'elle qu'il crut défaillir. Il ne pensait plus qu'à son doux visage encadré par sa longue chevelure blonde et à ses grands yeux innocents qui pouvaient, à tout moment, étinceler d'une lueur taquine ou flamboyer de colère. Il était las de la ville, des rues nauséabondes, des déchets d'abattoir, des tas noirs d'immondices, du fleuve paresseux, des courtisans arrogants, des querelles et des prises de bec des clercs et surtout de l'animosité des chanoines de St Paul, ces menteurs, ces débauchés qui auraient dû suivre la voie du Bien, mais semblaient s'être égarés en chemin. Il était agacé par le roi qui lui avait confié cette mission : ce souverain jaloux de son pouvoir ne l'avait accablé d'honneurs que parce qu'il le servait bien. Et pourtant il n'aspirait vraiment qu'à être assis devant la cheminée, Maeve dans ses bras, dans une salle reculée du château de Neath qui dominait la mer déchaînée. Ranulf, dans sa soupente, se félicitait de sa fuite rapide et miraculeuse de la chambre de la mercière lorsqu'il entendit les accents mélodieux de la flûte. Il comprit que Corbett était d'humeur mélancolique et regretta de ne pouvoir l'aider. La musique ne s'arrêta qu'au point du jour : Ranulf sut alors que son maître avait trouvé la paix dans le sommeil.

Corbett ne se leva que tard le lendemain matin, lorsqu'il fut réveillé en sursaut par des coups violents frappés à la porte du rez-de-chaussée. Jetant une cape autour de ses épaules, il dévala l'escalier et ouvrit. Les nappes de brume tournoyaient et frémissaient comme la vapeur d'un chaudron. D'abord, il ne vit personne.

— Qui est là ? s'écria-t-il avant de reculer d'un bond quand une silhouette maculée de boue, une estafilade sur le visage, franchit le seuil.

En premier lieu, l'idée que c'était un tueur à gages lui traversa l'esprit, mais l'homme rabattit son capuchon trempé et laissa choir sa cape.

— Messire Corbett ?

— Lui-même.

— Je suis John Enderby, courrier du shérif de l'Essex.

Il tendit un fin rouleau de parchemin à Corbett qui en brisa immédiatement le sceau rouge et blanc. La lettre ne consistait qu'en quatre lignes : le shérif lui envoyait ses salutations, les renseignements qu'il avait recueillis lui seraient communiqués par le courrier John Enderby, porteur de la missive.

Corbett froissa le parchemin :

— Veuillez entrer !

Enderby grimpa l'escalier à sa suite et après que Corbett l'eut installé confortablement, il lui transmit son message :

— Le shérif regrettait de ne pas lui remettre un compte rendu complet, mais cela aurait nécessité plus de temps. Qu'il sache seulement que les hommes du shérif s'étaient rendus au manoir de Cathall et y avaient trouvé le régisseur de Walter de Montfort, Thomas, mort, la gorge tranchée. Son épouse Katherine avait été violée à plusieurs reprises par une bande de hors-la-loi bien connus, menés par un certain Robert Fitzwarren. Les brigands s'étaient apparemment rendus au manoir dans le but de parler à Thomas. Après une violente querelle, ils lui avaient tranché la gorge et ils avaient violenté sa pauvre femme qui en était devenue à moitié folle. Les hommes du shérif avaient pu la calmer suffisamment pour qu'elle leur raconte une histoire des plus invraisemblables. Fitzwarren avait attaqué et pillé des convois de voyageurs, marchands et commerçants sur les routes allant de Londres en Essex. Le butin de Fitzwarren était remis au doyen de St Paul qui le revendait sur la place de Londres et partageait l'argent avec le chef de la bande. Le jour de la mort de Montfort, à St Paul, son régisseur, venu à Londres réclamer le dû de Fitzwarren, se trouvait dans l'assistance. Mais, en raison du décès de son maître, il n'avait pu mener l'affaire à bien et avait dû retourner, les mains vides, au manoir de Cathall. Là, les bandits, déçus et frustrés, avaient passé leur colère sur son épouse et lui.

« Le shérif a ajouté, poursuivit Enderby d'une voix lasse, que la femme semblait avoir dit vrai malgré son piteux état, car une perquisition avait permis de découvrir des biens dérobés à un marchand des mois auparavant. Le shérif vous souhaite bonne chance en espérant que ces renseignements vous seront utiles.

Corbett fit répéter ce récit à Enderby un certain nombre de fois en vérifiant quelques détails. Puis il appela Ranulf et lui ordonna d'emmener Enderby à l'auberge voisine pour qu'il pût y passer la nuit avant de repartir pour l'Essex. Une fois qu'ils furent sortis, Corbett s'étendit sur son lit, les mains croisées sous la nuque, et réfléchit de nouveau à la disparition du doyen. Jusqu'à présent, il avait concentré son attention sur les chanoines de St Paul, mais en fait d'autres que ceux-là désiraient la mort de Montfort ! C'est ce qu'avait affirmé la courtisane qui, elle aussi, était présente ce jour-là. Thomas, le régisseur, aurait-il trempé dans cet assassinat ? Était-ce lui qui avait tué son maître ? Le roi n'avait-il rien à se reprocher ? Après tout, Édouard haïssait les Montfort et Corbett avait totalement négligé ce fait. D'aucuns n'auraient pas hésité à envoyer Montfort *ad patres*, s'ils avaient su que le roi l'avait circonvenu. Monseigneur Robert Winchelsea, archevêque de Cantorbéry, était-il homme à reculer devant un meurtre ? Corbett aurait aimé répondre par l'affirmative, mais l'expérience vécue auprès des chanoines de St Paul le poussait à croire que prêtres et évêques étaient aussi capables de commettre un crime que le moindre des laïcs. Et finalement, il y avait les grands barons qui, selon les rumeurs, se réunissaient secrètement et ourdissaient des complots pour tenter de contrecarrer le désir qu'avait Édouard de les emmener guerroyer à l'étranger.

Toutes ces questions se bousculaient sans frein dans l'esprit du clerc jusqu'à ce que, soudain, il retombât sur le souvenir à moitié effacé de l'objet qu'il avait vu sur l'autel. Il lui fallait absolument se concentrer sur ce point de détail qui ne cessait de l'obnubiler, et résoudre ce mystère, s'il voulait que son enquête progresse ! Lorsque Ranulf rentra, Corbett lui demanda donc de se rendre à St Paul, d'y dénicher Sir Philip Plumpton et de le prier, au nom du roi, de retrouver Corbett près du maître-autel à la fin de l'office de none. Puis le clerc adressa au souverain une courte missive dans laquelle il rendait compte de ses actions et reconnaissait n'avoir obtenu que peu de résultats. Il espérait qu'Édouard ne serait pas à Westminster lorsque la lettre arriverait. Cela lui donnerait plus de temps : si le monarque était mécontent, en effet, il n'hésiterait pas à lui faire parvenir l'ordre péremptoire de montrer les fruits de son dur labeur.

Le clerc passa le reste de l'après-midi dans sa chambre à réfléchir aux circonstances entourant la mort de Montfort. A la fin, énervé, il voulut sortir mais y renonça en voyant la brume glaciale s'infiltrer par les interstices et les fentes des vantaux. Il s'installa donc près du brasero. Puis il écrivit une brève missive à Maeve, lui avouant qu'elle lui manquait infiniment et qu'il attendait avec impatience le printemps pour pouvoir la revoir. Il essaya bien de plaisanter en parlant de réchauffer son cœur et son âme à ses feux ; il espéra qu'à la lecture, cela semblerait moins maladroit qu'en le disant tout haut.

Ranulf revint et annonça qu'il allait se promener en ville. Corbett le laissa partir avec un geste distrait. Après que son serviteur eut dévalé bruyamment l'escalier, il prit sa flûte mais ne joua que quelques notes avant de la jeter sur la courtepointe. Il ouvrit le coffre au pied de son lit et en sortit une petite sacoche en cuir, où se trouvait une lettre de Maeve, rédigée quelque quatre mois auparavant. Le vélin, blanc ivoire, commençait à jaunir légèrement, mais l'écriture arrondie restait aussi ferme et nette que celle d'un scribe, et le style décousu semblait refléter la passion qui les liait.

Mon très cher Hugh (disait-elle),
La situation au pays de Galles et autour du château de Neath est encore instable. Mon oncle feint d'être malade et reste alité. Il joue la comédie aussi bien qu'un acteur ambulant. La campagne se pare de teintes mordorées en cette fin d'été-début d'automne. Comme c'est étrange qu'en cette saison, la séparation d'avec l'être aimé se nuance d'une amertume particulière ! Vous me manquez plus que jamais. Je pense à votre visage chaque jour et à chaque instant. J'aimerais tant baiser vos yeux et vos lèvres ! Vous devez sourire plus souvent, mon très sérieux clerc, car sachez que le soleil ose se lever et se coucher sans votre autorisation formelle ! Les ombres qui pèsent sur votre esprit ne sont que poussière sur la feuille, ne sont que vent

dans les branches, et pourtant, je sais que vous
vivez constamment au bord des ténèbres. La nuit se
terminera bientôt, je serai à vos côtés, et le soleil
brillera toujours. Il me tarde de sentir vos mains
sur ma peau.

Que Dieu vous ait en Sa sainte Garde!

Celle qui vous aime, Maeve.

Corbett enroula le parchemin avec un soupir et le mit dans sa poche, puis il sourit à la pensée qu'il avait dû le lire au moins deux fois par jour. En entendant les hurlements du vent, il souhaita que la poigne d'acier de l'hiver se relâchât assez pour permettre à Maeve de venir. Mais soudain, un coup frappé à l'huis le fit sursauter. Il glissa la main sous l'oreiller, touchant du doigt le pommeau glacé de son poignard.

— Entrez! s'écria-t-il d'une voix autoritaire.

La porte s'ouvrit violemment. Ranulf apparut sur le seuil, les cheveux trempés, une ecchymose sous l'œil gauche. Il tenait un paquet dans les bras en le portant aussi maladroitement qu'un ballot encombrant.

— Entre donc! répéta son maître, agacé.

Ranulf, le visage blême d'émotion, les yeux vitreux comme s'il avait été le témoin d'un spectacle atroce, pénétra dans la pièce d'un pas lent de somnambule. Sans un mot, il tendit son fardeau à Corbett. Le clerc le reçut avec appréhension car ledit fardeau bougeait.

— C'est un garçon! murmura Ranulf. Un garçon!

Corbett écarta les franges d'un châle élimé. Ce qu'il vit le stupéfia avant de le plonger dans une crise de fou rire. Il s'affala sur le lit. Le bébé, furieux d'avoir été si brusquement réveillé, cligna des yeux et ouvrit la bouche pour hurler un bon coup. Son petit visage rose se rida en un masque écarlate et ses poings minuscules se serrèrent sur sa poitrine quand il donna libre cours à sa rage. Les cris semblèrent arracher Ranulf à son état de transe. Les bras ballants, il se mit à sauter d'un pied sur l'autre. Une terreur affreuse se lisait sur ses traits. Corbett réprima son fou rire et berça doucement l'enfant. Celui-ci pinça les lèvres, s'arrêta de brailler et regarda le clerc d'un air interrogateur comme s'il attendait une récompense pour son silence. Corbett donna ses instructions à Ranulf qui descendit l'escalier quatre à quatre pour aller quérir un bol de lait chaud et un linge propre à la laiterie. Corbett trempa le suçon [1] dans le lait et le vigoureux petit être se mit à téter bruyamment.

— Ne me dis pas que ce n'est pas le tien ! s'exclama le clerc.

Il contempla le bébé, ses mèches de cheveux blond cendré, ses petites fossettes au menton et à la joue gauche. S'il l'avait trouvé dans la rue, il l'aurait immédiatement reconnu comme le fils de Ranulf. Il ordonna à ce dernier de remplir deux gobelets tandis que le marmot se mettait littéralement à ronger le linge imprégné de lait. Après quelques gorgées de vin, le père abasourdi recouvra son calme et s'expliqua : il était sorti pour une nuit de bamboche, mais malheureusement, le père et le frère aîné d'une de ses précédentes conquêtes le guettaient. Il s'était ensuivi une grave altercation.

---

1. Suçon : morceau de linge humecté généralement d'eau sucrée que l'on donne aux nourrissons. *(N.d.T.)*

Ranulf avait reçu un horion au visage et son rejeton lui avait été jeté dans les bras, sans autre forme de procès ! Il lança un coup d'œil penaud à Corbett.

— Eh bien, mon maître, marmonna-t-il, qu'allons-nous faire ?

Corbett prit bonne note du « nous » et le foudroya du regard. Il lui faudrait incessamment avoir une conversation calme, mais sérieuse, avec ce jeune homme qui menaçait de transformer sa maison en refuge pour enfants trouvés. Bébé Ranulf, irrité à présent par l'absence de lait dans le linge, commençait à écarquiller dangereusement les yeux pour tenter de découvrir la source de son inconfort. Corbett se hâta de tremper le suçon dans le lait et de l'enfourner dans la bouche ouverte du mioche. Bébé Ranulf l'agrippa fermement et se mit à mâcher aussi énergiquement qu'un jeune chiot.

Le père adressa un large sourire de fierté béate à son rejeton et s'approcha.

— Qu'allons-nous faire, Messire ?

Corbett lui remit délicatement son fils tombé du ciel et alla à son coffre. Il l'ouvrit, en sortit une bourse bien garnie et la tendit gentiment à son serviteur. Il prit ensuite son écritoire, gribouilla rapidement un mot, apposa son sceau et le donna à Ranulf.

— Écoute ! énonça-t-il posément. Aucun de nous deux ne peut s'en occuper. Il a été baptisé ?

Ranulf fit signe que oui, l'air radieux.

— Tu es incapable de prendre soin de toi correctement, poursuivit Corbett d'un ton las, alors d'un bébé... Dieu m'est témoin que tu l'égarerais probablement dès que tu franchirais ce seuil ! Apporte ce mot à Adam Fenner, un marchand de tissus dans Candlewick Street. Lui et sa femme désirent un enfant depuis longtemps. Ils veilleront sur lui, lui donneront tout ce dont il aura besoin et le combleront d'amour et d'affection. Ils te laisseront voir l'enfant quand tu le voudras. N'ai-je pas raison ? dit-il avec un sourire triste à l'adresse de Ranulf.

Celui-ci opina, clignant furieusement des paupières pour cacher les larmes qui lui montaient aux yeux. Il reprit le fragile fardeau.

— Je vais le rebaptiser Hugh ! annonça-t-il avant de sortir tranquillement.

En entendant son pas lourd dans l'escalier, Corbett déplora in petto le don inné qu'avait Ranulf pour se mettre... dans de beaux draps et frissonna à l'idée qu'il avait, dorénavant, le père et le fils sous sa responsabilité. Puis il eut une petite grimace amusée : quand Maeve apprendrait la nouvelle, elle en ferait des gorges chaudes et n'épargnerait aucun sarcasme à Ranulf.

Il ne pouvait malheureusement pas s'occuper du bébé ni retourner à son bureau de la Chancellerie et y poursuivre son travail quotidien avant l'arrivée de Maeve ; au lieu de cela, il lui fallait s'aventurer dans la fange de l'ambition humaine, de la cupidité, de la concupiscence et de la violence qui éclaboussait la mort de Montfort. Épuisé de corps et d'esprit, Corbett ôta ses bottes et s'allongea sur son lit. Fixant les ténèbres, il attendit le retour de son serviteur, faisant mine de dormir lorsque celui-ci souleva le loquet et entra furtivement. Ranulf prit une cape sur un banc, en couvrit soigneusement son maître, puis, éteignant la chandelle, ressortit sur la pointe des pieds. Corbett eut un petit sourire. Il connaissait Ranulf et Ranulf le connaissait. Son serviteur savait que son maître ne s'endormait jamais en laissant la bougie allumée, mais tous les deux jouaient le jeu. Corbett se demanda jusqu'à quand sa vie ne serait qu'un jeu. Cela continuerait-il toujours ainsi ? A la fin, son esprit se lassa de tourner en rond, de pourchasser des ombres, de ressasser des souvenirs : il s'endormit d'un sommeil agité.

Le lendemain, regrettant son oisiveté de la veille, il se leva et s'activa fébrilement. Il réveilla Ranulf et l'envoya à Westminster avec deux lettres : l'une pour le roi, l'autre pour un messager royal qui la remettrait à Maeve — il l'espérait — dans les semaines suivantes. Il lui ordonna de le retrouver à l'*Étendard* dans Cheapside. Ranulf dévala l'escalier et Corbett vaqua à d'autres tâches. Il lui fallait acheter des provisions et régler diverses affaires. Finalement, s'étant habillé et armé, il s'emmitoufla dans une lourde cape militaire et sortit dans Bread Street.

La ville était encore noyée d'un épais brouillard qui transformait les silhouettes des passants en fantômes de cauchemar. Le sol était dur et glissant. Tout en s'efforçant de ne pas déraper sur le caniveau central verglacé, Corbett prit soin de marcher au milieu de la rue pour éviter les paquets de neige qui tombaient encore des toits. Se déplacer était devenu une entreprise fort risquée ! A un moment donné, il dut s'arrêter pour porter secours à l'épouse d'un marchand de draps ; la brave femme, à la croupe avantageuse, n'en revenait pas de se retrouver les quatre fers en l'air et serait restée là, toute la sainte journée, sous la risée des garnements, si Corbett n'était pas venu l'aider. Le clerc, enfin, remonta nonchalamment Cheapside et tournant à droite, pénétra dans St Mary-le-Bow.

Il se rappela l'époque où les portes et baies de

l'église étaient bouchées par des fagots de ronces et le grand portail barricadé. L'endroit avait été excommunié par l'archevêque de Cantorbéry pour avoir servi de quartier général aux membres d'une secte satanique qui avaient comploté contre le roi[1]. Les souvenirs assiégèrent sa mémoire lorsqu'il franchit le seuil : le temps d'un éclair, il revit leur chef, Alice, dont il avait été profondément amoureux. Il repensa à son visage au teint mat et à son regard énigmatique, et comprit douloureusement que le temps n'avait pas vraiment guéri sa blessure. St Mary-le-Bow avait bien changé depuis : propre, fraîchement repeinte, dotée d'une école reconnue, elle était dirigée par un nouveau recteur. C'était l'église paroissiale de Corbett qui faisait partie de la confrérie de Corpus Christi. Cette association regroupait des échevins, des drapiers, des marchands et des commerçants qui l'avaient créée pour des raisons d'ordre social et religieux. Tous les ans, Corbett faisait dire une messe pour le repos de l'âme de son épouse, de sa petite fille et — sans que personne le sût — d'Alice-atte-Bow, le chef de cette secte satanique.

Corbett bavarda avec le prêtre, s'assura que tout était en ordre et engagea une courte discussion avec l'un des échevins de la paroisse. Londres était divisé en paroisses, au nombre de douze, dirigées chacune par un échevin qui contrôlait la plupart des affaires religieuses et laïques de son quartier. Chaque paroissien devait payer une taxe. Bien qu'il en eût les moyens, Corbett s'y était toujours opposé parce qu'une ordonnance royale stipulait que les clercs, au même titre que la haute et petite noblesse,

1. Voir *Satan à St-Mary-le-Bow*, coll. 10/18, n° 2776.

en étaient exempts. L'échevin, en revanche, exigeait que Corbett payât pour Ranulf, mais le clerc tourna la difficulté en assurant que celui-ci étant un apprenti clerc, il devait lui aussi être exempté de cette taxe. L'échevin en convint à regret. Corbett, cependant, se garda bien de préciser que Ranulf connaissait surtout les lois pour pouvoir mieux les enfreindre et il ne fit pas mention, non plus, de la nouvelle âme que Ranulf avait fait acquérir à la paroisse.

CHAPITRE XIII

Corbett quitta St Mary-le-Bow et redescendit Cheapside pour regagner Poultry. Il vit que la cité s'efforçait de reprendre vie malgré les intempéries. Les cours de justice, elles, n'avaient pas fait relâche : on emmenait à la prison de la Tun à Cornhill une longue file de criminels et de prostituées. Les filles en coiffes rayées portaient des verges blanches, et les piloris étaient peuplés de boulangers et de poissonniers contraints de respirer les relents des produits avariés qui brûlaient sous leur nez. Autour du cou d'un malheureux, accusé de colporter des ragots, pendaient une meule à aiguiser et une pancarte le stigmatisant comme calomniateur pour que tous puissent l'accabler de railleries.

En apercevant les ribaudes, Corbett se souvint d'Abigail, la femme qui habitait la maison de Montfort dans Candlewick Street. Aurait-elle joué un rôle dans cet assassinat ? Elle aussi avait assisté à la messe et le doyen, qui n'était pas la crème des hommes, l'avait menacée de la livrer à la vindicte publique. A sa troisième condamnation, une prostituée pouvait être, sous le fouet, traînée de la prison jusqu'aux limites de la ville et là bannie à jamais de la cité. Cependant, il rejeta cette idée : si la liaison de

Montfort avec une courtisane avait été de notoriété publique, le doyen aurait été, lui aussi, emmené à la prison de la Tun à Cornhill et exposé à la risée de tous. Corbett s'arrêta soudain pour observer la bousculade autour d'un énorme chariot bâché qui s'était renversé ; tout le chargement avait roulé dans la neige boueuse, et le charretier et ses aides s'affairaient à en écarter garnements et chenapans. La confusion qui régnait reflétait celle qui s'agitait sous son crâne. Pourquoi un homme arrivé à une position aussi élevée avait-il tout risqué pour tenir une maison mal famée ? Il aurait été complètement déshonoré si cela s'était su. Peut-être fallait-il y voir le signe de l'arrogance : ayant atteint le pinacle de sa carrière, il avait probablement estimé qu'il pouvait se permettre des choses interdites aux autres, et surtout aux prêtres.

Corbett retrouva Ranulf qui l'attendait et lui donna quelques pièces d'argent pour faire des emplettes. Quant à lui, il se rendit chez son banquier, l'orfèvre Guisars, dont l'échoppe aux dimensions modestes semblait démentir la richesse toujours croissante. Le clerc regarda les coffres en cuir bien rangés ainsi que les rouleaux de parchemin fichés et étiquetés indiquant qui utilisait les services de Guisars, à qui ce dernier avait prêté de l'or et à quel taux. Malgré l'opposition de l'Église à l'usure, l'activité bancaire avec ses dépôts de fonds était devenue un commerce prospère dans la capitale. L'orfèvre accueillit Corbett avec son obséquiosité habituelle. Le clerc, client régulier et digne de confiance, était du genre qu'appréciait tout banquier : déposant souvent de l'argent et en retirant rarement. Ce jour-là, néanmoins, il le déçut. D'ordinaire, il aimait à s'attarder et à lui rapporter les commérages de la cour et du palais, renseignements qui, même insignifiants, pouvaient s'avérer utiles au banquier un jour ou l'autre. Mais ce matin-là, le clerc avait manifestement l'esprit ailleurs. Il parla d'un ton cassant, exposa brièvement sa requête et une fois que Guisars lui eut garni sa petite bourse de cuir, murmura des remerciements et partit. Il alla déjeuner à la taverne où le rejoignit Ranulf, qui venait de passer une bonne heure à acheter des provisions. Son serviteur lui rendit la monnaie restante. Corbett regarda la maigre somme :

— C'est tout ?

— Oui, Messire.

Il poussa un léger gémissement. Il avait été si accaparé par cette affaire et par d'autres problèmes à la cour qu'il avait négligé de tenir ses comptes à jour. Il avait oublié que l'hiver cruel avait fait monter les prix en flèche. Deux miches de pain coûtaient généralement un penny, mais c'était le double à présent. Même chose pour les légumes, la viande, les boissons et toutes les marchandises en provenance des campagnes. Après que Ranulf se fut restauré, ils se dirigèrent vers St Paul, en empruntant Cheapside. Le brouillard commençait à se dissiper et les chalands arrivaient sur les marchés. Corbett pensait tellement à sa prochaine rencontre avec Plumpton, tout en prêtant une oreille distraite aux réflexions amères de son serviteur sur la cherté de la vie, qu'il ne remarqua pas, et Ranulf non plus, qu'ils étaient suivis. Un jeune homme vêtu de noir, aux yeux plissés, au visage grêlé et aux longs cheveux graisseux leur avait emboîté le pas dès la taverne, tel un oiseau de mauvais augure. L'individu ne relâcha sa surveillance que lorsqu'ils pénétrèrent dans l'enceinte de St Paul ; il s'éloigna alors en souriant et en hochant la tête de satisfaction.

Corbett s'arrêta sur le parvis pour que Ranulf pût voir la fin d'un mystère. Le spectacle était présenté sur une estrade à deux niveaux, montée sur roues ; les acteurs s'habillaient en bas et la pièce se jouait en haut. Le décor flamboyant représentait, dessinée de façon grotesque, la gueule de l'Enfer d'où jaillissaient des démons, et la scène était surmontée d'un toit et d'un impressionnant griffon d'argent. Le sujet, ce jour-là, était le récit de la Passion. Le Christ, vêtu d'une tunique blanche et d'une perruque aux mèches argentées, s'attirait les murmures de compassion du public tandis que Pilate, en cape pourpre et perruque rousse, était la cible de quolibets, de cris d'oiseaux, de huées et, de temps en temps, d'une poignée de boue. Ranulf serait resté plus longtemps si Corbett, las de la pièce et redoutant les tire-laine qui se mêlaient à la foule (il en avait repéré un, vu à un procès quelques mois auparavant), n'avait traîné son serviteur récalcitrant jusqu'au portail de la cathédrale. La nef était bondée et le brouhaha intense. Les deux hommes se frayèrent un chemin parmi les parchemineurs, les écrivains publics, les juristes au verbe haut et les serviteurs qui attendaient de louer leurs bras. Lorsqu'ils arrivèrent dans le chœur, l'odeur des cierges et de l'encens apprit à Corbett que l'office de none venait de s'achever à l'instant.

Ils trouvèrent Plumpton dans la sacristie. Le prêtre avait l'air de mauvaise humeur et protesta violemment en écoutant la requête de Corbett.

— Que désirez-vous ? Que je dresse l'autel comme il était lors de la mort de Montfort ?

Il fut sur le point de refuser.

— Il me faut à nouveau vous rappeler, l'avertit Corbett d'une voix lasse, que je ne fais pas cela par plaisir ni par goût de l'autorité, mais que j'obéis simplement aux ordres de notre souverain. Je vous serais reconnaissant, mon père, de veiller à ce que cela soit exécuté sur l'heure.

Corbett alla prendre place dans le chœur tandis que Plumpton, aidé de quelques servants, ôtait le drap vert brodé d'or protégeant l'autel.

— Mon père, s'exclama Corbett, ne préparez pas l'autel comme pour le début de l'office, mais tel que vous vous le rappelez quand vous l'avez débarrassé à la fin.

Sir Philip lui jeta un regard furibond, mais acquiesça. Il lui fallut un certain temps, mais prenant sa tâche de plus en plus à cœur, il apporta les burettes d'eau et de vin, deux longs flacons à tige de verre dont les couvercles s'ornaient de grappes de raisin qui reposaient, chacun, sur un plateau en argent massif. Il étala les linges dont les officiants se servaient pour s'essuyer les doigts et nettoyer le calice. Quelques hosties non consacrées furent même éparpillées çà et là.

Corbett se déclara satisfait et s'approcha de l'autel. Il ordonna d'allumer les cierges pour avoir le reflet qui convenait et se plaça là où se trouvait Montfort et là où lui-même s'était tenu lorsqu'il avait examiné l'autel sur ordre du roi. Le calice de Montfort était en évidence, le vin étincelant sous la lumière. Quant aux burettes, plus loin, celle contenant de l'eau était aux trois quarts pleine, celle du vin complètement vide.

— Vous avez oublié de la remplir ! fit remarquer Corbett.

Plumpton se récria :

— Non, elle était vide après la messe. Je m'en souviens bien, car je n'ai pas eu à jeter le vin.

Corbett eut un hochement de tête de compréhension. Quelque chose manquait pourtant, un détail lui avait échappé. Il était tellement survolté que son cœur battait la chamade. Il observa l'autel à nouveau pour en graver définitivement l'image dans son esprit. Il fit comme s'il contemplait un tableau, un vitrail impressionnant ou superbe, qu'il aurait voulu fixer à jamais dans sa mémoire.

— Mon père, finit-il par dire, je vous remercie. Je ne parviens pas à trouver la solution. Vous le pourrez peut-être.

Sur ce, il tourna les talons et sortit de la cathédrale.

En cette fin d'après-midi, le brouillard qui ne s'était guère levé de la journée s'épaississait avec l'approche du crépuscule. Le mystère sur le parvis était achevé et les échoppes de Cheapside se fermaient déjà, les marchands accrochant les obligatoires lanternes en corne devant leur demeure. Seuls s'affairaient les mendiants et les chiffonniers qui cherchaient à tirer ce qu'ils pouvaient d'une journée de marché. Un groupe de cavaliers passa, les sabots de leurs montures brisant et émiettant la glace. Corbett faillit glisser et se rendit soudain compte de l'absence de Ranulf qui l'avait accompagné à la cathédrale. Apparemment son serviteur s'était éclipsé pour aller faire le joli cœur, comme à son habitude. Corbett n'en eut cure. Affamé, il acheta une tourte à un boulanger, mais la jeta après deux bouchées, le goût de la viande avariée perçant sous les épices. Puis il entra dans une taverne au coin de

Bread Street et, assis près de la cheminée, se réchauffa les mains autour d'un bol de soupe. Il essaya de ne pas voir les globules de graisse qui flottaient parmi les morceaux de viande et de légumes, et, pour mieux les faire passer, but trois chopes de bière londonienne, boisson servie tiède et épicée pour chasser le froid. A la fin, il sortit se soulager dans le caniveau avant de tourner le coin de la rue et de se diriger vers son logis.

Corbett savait se battre. Il avait guerroyé en Écosse et au pays de Galles et était tombé plus d'une fois dans une embuscade, mais ce soir-là l'attaque fut particulièrement sauvage et inattendue. Il essayait d'éviter adroitement la rigole, et, en même temps, de ne pas glisser lorsqu'une silhouette vêtue de noir surgit d'un portail. Si Corbett n'avait pas entrevu l'éclair de l'acier, l'épée l'aurait décapité d'un seul mouvement. Mais il se déroba et fit un écart, perdant ainsi l'équilibre sur le sol verglacé. Il se mit alors à ramper pendant que son assaillant, les yeux étincelants derrière les fentes de sa cagoule noire, levait son arme pour le coup mortel. Les jambes entortillées dans sa cape, son épée coincée sous lui et impossible à dégainer, Corbett reculait en se traînant par terre comme un enfant aux prises avec un père furieux. Il sentit soudain sa main déraper dans le caniveau tandis que son assassin aux allures de bourreau s'avançait, l'épée haute, cherchant où assener le coup fatal. Corbett ne pouvait même plus réfléchir. Il s'immobilisa, paralysé, le regard rivé sur ces yeux terrifiants et sur le tranchant de l'arme derrière les épaules de l'homme. Ce n'était pas un simple malandrin ou un truand, mais un tueur à gages aux gestes mesurés et rythmés qui, comme un danseur, prenait tout son temps. Et pourquoi pas ? C'était le crépuscule, il n'y avait pas un chat dans les rues. Qui se soucierait du sort d'un Londonien assez stupide pour sortir seul et se faire attaquer ? Il essaya d'appeler au secours, mais il avait la bouche sèche et le son resta au fond de son gosier comme un morceau de viande mal mâchée. Il mit la main sur le poignard passé à sa ceinture et le dégaina, mais cela le fit glisser plus loin sur le verglas. Désespéré, il observa l'autre qui, jambes écartées, s'apprêtait à abattre son épée pour en finir. L'assassin fit un pas en avant, puis soudain rejeta la tête en arrière et, s'effondrant comme une poupée de son, s'écroula sur les genoux, l'épée s'échappant de sa main, la tête dodelinant sur sa poitrine. Corbett vit de la salive sanguinolente s'écouler de sa bouche. Le tueur tourna et s'affaissa doucement sur le flanc, recroquevillé comme un enfant prêt à s'endormir. Le clerc leva les yeux. Devant lui se dressait, bien campé sur ses pieds, son serviteur rayonnant qui brandissait un long poignard rougi jusqu'à la garde.

— Ranulf ! Dieu du Ciel ! Je ne t'ai pas entendu venir ! l'apostropha Corbett d'un ton cassant.

Ranulf haussa les épaules et s'accroupit pour essuyer sa lame sur la cape du mort.

— Je ne vous comprendrai jamais, Messire, se contenta-t-il de répliquer sèchement. Quand je suis près de vous, vous m'adressez à peine la parole, et quand je vous sauve la vie je n'entends que des critiques. Vous auriez voulu que j'arrive plus tard ?

— Où étais-tu passé ? C'est un vrai miracle que tu sois intervenu à temps !

Les mots se heurtaient à cause de sa peur rétrospective.

— J'étais sur le parvis, protesta Ranulf d'une voix que l'indignation rendait suraiguë. Je suis allé examiner l'estrade du mystère d'un peu plus près. Je vous ai vu disparaître au coin et je vous ai suivi. J'allais vous rattraper quand j'ai aperçu ce drôle de corbeau...

Ranulf repoussa le cadavre du pied.

— ... On aurait dit qu'il sortait de nulle part. Il vous pistait, alors j'ai décidé de rester en arrière pour voir ce qui allait se passer. Vous connaissez la suite.

Corbett lui sourit :

— Et je te dois une fière chandelle, Ranulf! Je suis désolé de m'être emporté.

Mais Ranulf, ne se laissant pas amadouer, reprit :

— J'ai attendu. Quand il m'a tourné le dos, ce fut facile. Il ne m'a pas entendu, ajouta-t-il orgueilleusement. Et vous non plus, n'est-ce pas?

Corbett opina en riant jaune :

— En effet. Mais je n'ai jamais été aussi heureux de te revoir! Donne-moi un coup de main, maintenant.

Ranulf aida son maître à se relever, brossant avec empressement — et énergie — le dos de sa cape, comme s'il prenait plaisir à accentuer ses claques vigoureuses.

— Merci, Ranulf! Cela ira.

Corbett s'agenouilla près de son assaillant, le retourna sur le dos et ôta la cagoule. Il ne l'avait jamais vu. Des yeux vitreux, des traits maigres, un teint cireux, des cheveux gras, un visage grêlé, tout désignait le tueur à gages. Londres grouillait de ces anciens soldats, de ces vétérans prêts à tuer pour une bourse d'or.

Corbett se releva.

— Je me sens mieux, Ranulf. Il faudrait que tu ailles chez l'échevin. Raconte-lui ce qui s'est passé. Dis-lui que, s'il a des questions, il les pose au roi et prie-le de venir chercher le corps.

Ranulf ne se le fit pas dire deux fois. La perspective de le prendre de haut avec l'échevin bedonnant et pompeux, dont il lorgnait la jeune épouse depuis longtemps, était une tentation à laquelle il n'avait pas l'intention de résister. Malgré le sol glissant, il parcourut à toute allure Bread Street et Cheapside. Plus tôt il en aurait fini, plus tôt il pourrait aller voir son fils.

Corbett, quant à lui, monta dans sa chambre et se versa une généreuse rasade de vin. Assis sur le bord du lit, le gobelet entre les mains, il but quelques bonnes gorgées afin de réprimer le tremblement de ses membres et de calmer son estomac barbouillé. Il avait échappé de justesse — et de façon inattendue ! — à la mort, et craignait que la frayeur mêlée au soulagement ne le fît honteusement vomir. La nuit tomba et il alluma les bougies pour éloigner ces ténèbres qu'il redoutait tant. Puis il se reversa du vin et se mit à réfléchir. Le tueur avait reçu ses ordres de quelqu'un, l'un des chanoines de St Paul, vraisemblablement. Corbett ne devait donc pas être loin de résoudre l'énigme, sinon pourquoi lui aurait-on envoyé cet assassin ? Il avait appris quelque chose dont la signification réelle lui avait échappé, mais quoi ? Le regard fixé sur son gobelet, il fit distraitement tourner sa boisson. Tout d'un coup, avec la soudaineté d'une flèche surgie de la nuit, la solution lui traversa l'esprit. Il devint si fébrile qu'il remplit à nouveau son verre, buvant cinq ou six bonnes gorgées en faisant tournoyer le résidu avant de reprendre d'autre vin. A présent, il se rappelait ce qu'il avait vu sur le maître-autel, le jour de la mort de Montfort, et en même temps revoyait la tache sur la chasuble dans l'armoire de la sacristie. Il aurait voulu revenir sur-le-champ à St Paul, mais les gens qu'il voulait y interroger seraient sans doute partis. En outre les gorgées trop rapidement avalées commençaient à faire leur effet. Il était exténué et avait sommeil. Il souffla donc la bougie et s'efforça, dans la pénombre, de calmer les battements désordonnés de son cœur.

A St Paul, Sir Philip Plumpton était également au comble de l'émotion. Tout avait commencé au début des vêpres. Dans le chœur, aux côtés des autres chanoines, il avait entonné les réponses liturgiques, mais son esprit était ailleurs : il revivait les événements de la journée. Son regard s'était posé sur l'autel et il s'était souvenu de la façon dont il avait disposé, sur l'ordre de Corbett, le calice, la patène, les ostensoirs, les burettes et les cierges. Il se rappelait bien chaque objet ainsi que l'aspect de l'autel après la mort du doyen. C'était sa fonction et il s'enorgueillissait du soin avec lequel il avait reconstitué l'autel pour ce sermonneur de clerc. Même des détails mineurs comme les burettes... Il s'était arrêté de chanter machinalement. Non, il avait oublié quelque chose ! Réprimant une exclamation de stupéfaction, il avait murmuré :

— C'était comme cela le jour de sa mort, mais cela n'aurait pas dû être ainsi ! Oh non !

A présent, son émotion était telle que son antiphonaire[1] lui échappa des mains. Jetant un regard

---

1. Antiphonaire : livre d'église où sont notées en plain-chant les diverses parties de l'office. *(N.d.T.)*

d'excuses à ses compagnons, il se baissa pour le ramasser. Il continua à suivre l'office divin, mais il n'avait de pensées que pour le projet contrecarré de l'assassin. Corbett l'avait-il compris ? Que se passerait-il s'il le lui révélait ?

Pendant le repas au réfectoire, son agitation ne fit que croître, l'empêchant presque de manger. Les nerfs à vif, il refusait impatiemment sa nourriture, mais buvait abondamment. Il s'attira des regards intrigués, mais ne voulut rien dire à ses compagnons. Il lui tardait que complies se finissent. L'esprit ailleurs, il expédia les chants de ce dernier office et ne prit même pas la peine, contrairement à son habitude, de rester dans la cathédrale pour prier et méditer sur la journée passée. Ce n'était pas un mauvais homme, mais on le sentait toujours pressé et, ce soir-là, plus que de coutume. Seul dans sa cellule, obnubilé par sa découverte, il entendit frapper à la porte.

— Entrez ! dit-il en se penchant sur son bureau, plume en main, prêt à coucher ses remarques sur un parchemin.

S'il n'avait pas eu le dos tourné, il n'aurait peut-être pas péri. Toujours est-il que, plongé dans ses pensées, il laissa entrer son visiteur et permit ainsi à la Mort de lui glisser une cordelette autour du cou et de la serrer... Après quelques secondes où il haleta et se débattit, la vie de Sir Philip Plumpton s'éteignit avec autant de rapidité et de facilité qu'il fallut à l'assassin pour moucher les bougies.

CHAPITRE XIV

Corbett se leva au point du jour, ses peurs, angoisses et sueurs froides de la veille envolées. Le vin l'avait détendu et il était bien décidé à résoudre l'énigme de l'assassinat de Montfort une fois pour toutes. Cette affaire lui était devenue un véritable boulet et il ne décolérait pas en voyant que son manque de clairvoyance l'avait fait rester pieds et poings liés, comme un condamné au pilori. Il réveilla Ranulf et demanda à son serviteur ensommeillé ce qu'il avait fait la veille, s'assurant ainsi que les responsables de la paroisse avaient été prévenus de la mort du tueur et qu'on avait enlevé le corps. Puis il lui ordonna sans aménité de l'accompagner à St Paul et le traîna dehors, sourd à ses jérémiades et à ses réflexions indignées sur la noire ingratitude de certains maîtres, et en particulier de certain haut dignitaire de la Chancellerie. Comme Ranulf faisait mollement remarquer qu'ils n'avaient pas pris de petit déjeuner, ils s'arrêtèrent à un étal de boulanger pour y acheter une miche de pain, sortant du four, que Corbett fourra dans les mains de son serviteur en lui disant de manger chemin faisant.

La brume matinale se dissipait et un soleil timide commençait à poindre quand ils arrivèrent sur le parvis désert de St Paul. La cathédrale était fermée, mais le chapitre était en pleine effervescence.

Ettrick, l'Écossais, les avisa, l'air solennel, de ce qui était arrivé. Les chanoines s'étaient levés à l'aube pour l'office de prime et avaient retrouvé Sir Philip Plumpton sauvagement assassiné, le lacet du garrot lui entourant toujours la gorge. Corbett se recueillit, les yeux clos, et murmura la prière des morts pour l'âme de ce chanoine grassouillet et un peu sot qui allait rejoindre son Créateur. Puis il se laissa guider jusqu'à la cellule du défunt, au premier étage du chapitre. Là, il procéda à un examen superficiel de la malheureuse dépouille : les yeux étaient encore écarquillés sans qu'on eût essayé d'atténuer l'horreur et le choc qui s'y lisaient. Corbett se signa et demanda à Ettrick, derrière lui, s'il pouvait interroger certaines servantes. Il écarta les protestations de l'Écossais en insistant sur le fait que cet interrogatoire essentiel devait être mené à bien immédiatement. Le clerc espérait secrètement qu'il ne s'adressait pas au meurtrier, mais si tel était le cas, cela pourrait accélérer le cours des événements et obliger le coupable à se démasquer.

Les deux servantes désignées furent amenées devant lui ; il les pressa de questions brusques en leur enjoignant de se reporter aux jours qui avaient suivi la disparition de Montfort. Qui leur avait parlé ? Qui leur avait assigné leurs tâches ? A la fin, satisfait, il les pria de s'éloigner de St Paul et de ne pas revenir avant quatre bons jours, puis il leur donna trois pièces d'argent pour acheter leur silence et leur permettre de quitter rapidement les abords de la cathédrale. Il sortit ensuite tranquillement, suivi de Ranulf, pour se rendre dans une taverne proche.

Armé de son épée et de son poignard, portant un haubert sous son surcot, il était convaincu que le meurtrier de Montfort n'attenterait pas à sa vie si tôt après la tentative malheureuse de la veille. Tant qu'il se mêlerait à la foule et ne s'aventurerait pas dans des lieux écartés, il serait en sécurité. Une fois dans l'estaminet, il surprit Ranulf par ses largesses, commandant ce que l'établissement pouvait offrir de meilleur, en fait de nourriture et de bière. Après que son serviteur se fut restauré, il lui ordonna d'aller chercher un de ses amis, un jeune homme de sa connaissance, et de l'amener à la taverne au plus vite. Ranulf voulut protester mais se ravisa en voyant le visage fermé de son étrange maître et l'éclat dur de son regard.

Le clerc dut patienter deux bonnes heures avant que Ranulf ne revînt, accompagné d'un jeune homme que Corbett trouva parfait pour son plan. Le gaillard se présenta comme étant Richard Tallis. Corbett, passant outre ses salutations amicales, s'empressa de lui confier une mission : il devait se rendre à St Paul, y trouver le chanoine que Corbett lui nomma et prier ce prêtre d'entendre, en confession, avant les vêpres, un malheureux qui pensait avoir commis un péché abominable et ne voulait s'en ouvrir qu'à lui seul. Tallis eut l'air surpris et le clerc crut qu'il allait refuser, mais après que deux pièces d'or eurent changé de mains, il promit de faire de son mieux et jura que tout se passerait comme prévu, à moins que Corbett n'eût vent du contraire.

Ce dernier passa le reste de l'après-midi dans la taverne à se verser à boire en réfléchissant à ce qu'il avait appris ces derniers temps. Il avait, pensait-il, identifié celui qui avait assassiné Montfort et Plumpton, attenté à la vie du roi et commandé l'embuscade de la veille. Il se sentait l'homme le plus heureux du monde pour avoir découvert la vérité, mais estimait inutile de confronter le coupable avec les preuves. Mieux valait que celui-ci avoue et reçoive son juste châtiment.

Les heures passèrent lentement jusqu'au moment où il jugea qu'il était temps de retourner à St Paul. Il demanda à Ranulf de l'accompagner. Le jeune homme, qui n'avait cessé d'entrer et de sortir de l'auberge pour effectuer de menus achats, accepta avec empressement, car il se doutait que la curée était proche ; il savait que son maître, aux stratagèmes subtils et tortueux, allait livrer un assassin à la justice et lui, qui détestait les ecclésiastiques grassouillets et leur cupidité hypocrite, avait la ferme intention d'assister au dénouement. S'il pénétrait dans St Paul avec son maître, il devait, cependant, rester à l'arrière-plan. Telles étaient les instructions de Corbett.

La cathédrale était déserte. En hiver, les affaires s'achevaient tôt l'après-midi et il faisait si froid dans l'édifice que peu de gens choisissaient de s'y attarder plus que nécessaire. Corbett se dirigea vers un confessionnal, simple paravent en bois muni d'une grille et rattaché à un pilier. C'est là que les confesseurs, assis d'un côté, donnaient l'absolution aux pécheurs repentants, agenouillés sur un petit prie-Dieu. Corbett se mit à genoux et attendit. Soudain, du bruit lui parvint d'au-delà du chœur : une porte s'ouvrait et se refermait, des pas feutrés s'approchaient du confessionnal. Le prêtre s'assit en murmurant « *In nomine Patris* » suivi du « *benedicite* » et invita Corbett, d'une voix tranquille, à commencer sa confession. Le clerc, chuchotant pour déguiser sa voix, prononça les formules rituelles.

— Pardonnez-moi, mon père, car j'ai beaucoup péché !

Corbett précisa quand il avait reçu l'absolution pour la dernière fois et confessa un certain nombre de manquements, ceux qui lui vinrent spontanément à l'esprit. Malgré l'imminence du danger, il ne put s'empêcher de sourire ironiquement en se rendant compte que ses péchés consistaient, pour la plupart, en pensées lubriques, ou en accès de colère contre Ranulf. Il entendit le prêtre s'agiter, agacé d'avoir été appelé pour des fautes aussi vénielles. Corbett, alors, rassembla tout son courage et, la main sur la garde de son poignard, entama la confession la plus terrifiante de sa vie.

— Mon père, je connais un criminel qui a tué deux hommes, tenté d'assassiner le roi, l'Oint du Seigneur, et de supprimer une autre personne.

Le prêtre marqua le coup, mais Corbett poursuivit implacablement :

— Mon père, que dois-je faire ? En toute justice, devrais-je garder ces renseignements pour moi ou en faire part aux autorités ?

Son interlocuteur se retourna vers la grille :

— Ni l'un, ni l'autre, Messire Corbett, rétorqua Robert de Luce d'une voix sifflante. Vous êtes venu au bon endroit.

Malgré la pénombre, Corbett discerna, par les trous de la grille, l'éclat dur et rageur de son regard. Il comprit que le chanoine était fou, atteint non pas de la folie d'un de ces simplets vagabondant dans les rues, mais de la folie furieuse d'un être habité par la haine. L'hostilité qui se lisait dans ses yeux était quelque chose de tangible et l'épouvante envahit soudain Corbett : cette confrontation dramatique était-elle vraiment la façon de procéder la plus sage ?

— Je suis venu, s'écria le clerc, abandonnant tout faux-semblant, pour vous révéler ce que je sais et exiger que vous reconnaissiez les faits tels qu'ils se sont déroulés. Vous, Robert de Luce, trésorier de St Paul, chanoine le plus ancien de cette cathédrale, avez empoisonné Walter de Montfort pendant le sacrifice de la messe, puis essayé de m'assassiner car j'allais découvrir la vérité et enfin tué Philip Plumpton parce que lui l'avait trouvée. Je suis personnellement convaincu, également, sans pouvoir le prouver, que votre intention était d'attenter à la vie de notre souverain. C'était à lui qu'était destiné le poison du calice.

— Et comment savez-vous tout cela, ô vous, le plus perspicace des clercs ? ironisa Luce d'une voix grinçante.

— Le calice, répondit Corbett, passa d'abord à Eveden et Ettrick, sur la droite du doyen, avant d'être donné à Plumpton, vous-même et Blaskett, à sa gauche. Vous saviez qu'Eveden ferait semblant de boire et qu'il resterait donc assez de vin pour dissimuler le goût du poison que vous y auriez ajouté après que Blaskett eut bu. Et qui s'apercevrait de votre rapide tour de passe-passe ? Après avoir communié, vos compagnons se recueilleraient, tête baissée, yeux clos. Logiquement, le coupable était soit Plumpton, soit vous. Plumpton est mort, c'est donc vous ! Vous avez oublié une chose, le *Hostiam pacis* — le baiser de paix. Montfort devait présenter le calice au roi, mais non sans avoir bu à nouveau du vin consacré. C'est là où votre tentative d'assassiner le roi a mal tourné. Montfort a absorbé la substance mortelle et s'est écroulé immédiatement. Dans la confusion qui a suivi, vous vous êtes emparé du calice et avez répandu, sous votre chasuble, le peu de vin qui restait. Il n'y en avait sans doute pas énormément. Après tout, cinq hommes en avaient bu — Montfort deux fois. Le vase sacré était petit et n'aurait pas contenu beaucoup de vin, et pourtant il était presque plein lorsque j'ai examiné l'autel après la mort de Montfort. Je pense qu'après l'avoir vidé sur vos propres vêtements, vous avez pris une burette et l'avez rempli de vin. En fait, quelques gouttes auraient suffi, mais vous avez eu la main trop lourde. Hier, Sir Philip Plumpton s'est rendu compte que le calice était à demi rempli alors qu'il aurait dû être vide et qu'il n'y avait pas de vin dans la burette. Et pour cause... vous aviez versé ce qui restait dans le calice de Montfort.

Luce ricana :

— Bravo ! Mais le poison n'aurait-il pas laissé de traces dans le calice ?

— Si, bien sûr ! Aussi avez-vous profité de la confusion pour les faire soigneusement disparaître en essuyant le calice sous votre chasuble. L'ennui, c'est que cela a fait des taches sur votre chasuble et votre aube. J'ai vu ces taches quand je vous ai interrogés, vous et vos compagnons, dans la sacristie. Après la mort de Sir Philip, il m'a suffi de questionner deux blanchisseuses qui travaillent ici. Elles m'ont révélé que l'après-midi de la disparition de Montfort, vous leur aviez donné une aube avec l'ordre pressant de la rendre immaculée. Quant à la chasuble, vous ne vous en êtes pas préoccupé. C'est trop lourd et difficile à nettoyer, ce genre de taches n'est pas rare et personne n'aurait pu prouver que vous l'aviez salie lors de cette messe fatidique. L'aube, c'était différent. N'est-ce pas étrange que dans votre arrogance, vous n'ayez jamais pensé à la laver vous-même ? Remarquez, enchaîna Corbett, il y avait d'autres traces : les gouttes de vin empoisonné tombées sur le devant de l'autel lorsque vous aviez jeté le contenu du calice sous votre chasuble, et puis les traces sur le tapis, à gauche de l'endroit où se tenait Montfort, là où, dans votre hâte de remplir le vase sacré, un peu de liquide s'est répandu sur le sol. Oui, cela s'est, sans doute, passé ainsi. Vous connaissez la règle canonique. Or Montfort était très à cheval sur l'obéissance à cette règle. Si du vin consacré avait été répandu pendant la messe, il aurait ordonné que l'on procédât à un nettoyage rituel.

— Est-ce là tout ? demanda Luce d'une voix sifflante.

— Oh non ! répliqua Corbett. Vous espériez qu'après la mort de Montfort, la vie privée scandaleuse du doyen occulterait les pistes menant à l'assassin. Vous avez même cherché à faire endosser ce crime à d'autres. Montfort, toujours prêt à se vanter, n'avait pas caché que le roi lui avait fait cadeau d'une gourde de vin. Après avoir rempli le calice, et pendant que son corps était transporté à la sacristie pour recevoir l'extrême-onction des mains de Blaskett, vous vous êtes glissé dans sa chambre ; là vous avez mis du poison dans la gourde et rapporté, dissimulée sous votre lourde chape de cérémonie, ladite gourde jusqu'au petit vestiaire, près de la sacristie. J'ai raison, n'est-ce pas ?

— Parfaitement ! s'exclama Luce, les yeux étincelants de haine derrière la grille.

— Il ne reste qu'un problème, Luce, reprit Corbett d'une voix coupante. La raison de tout cela ?

Le trésorier pencha la tête de côté comme s'il était confronté à un problème.

— Oh ! c'est simple ! psalmodia-t-il à voix basse. Vous savez, je n'avais pas l'intention d'assassiner Montfort. Cela dit, je n'ai guère éprouvé de chagrin à sa mort. Mais notre roi bien-aimé, ça, c'était une autre histoire. Avez-vous jamais perdu un être cher, Corbett ? Moi, si ! J'avais un frère que je chérissais plus que tout au monde. Je ne sais si vous avez enquêté sur ma vie. Quand vous le ferez, vous verrez que je suis né en Flandre, mais ai vécu en Angleterre. Je fus promu au service du souverain. Ce fut Édouard en personne qui me conféra ce bénéfice. Je fis profiter mon frère de la faveur royale. Comme c'était un marchand, il vint s'établir en Angleterre, développa son négoce, puis, voyant l'intérêt grandissant d'Édouard pour l'Écosse, il s'installa à Berwick. Il se trouvait dans la Maison Rouge lorsque Édouard la mit à sac, tel un nouveau Gengis Khan ou Attila. Mon frère périt, ainsi que son épouse si avenante et confiante et...

La voix de Luce se brisa de chagrin.

— ... leurs petits anges. Vous comprenez, Corbett, il fallait que le roi expiât ses crimes. Personne ne lui a donné le droit de mettre des villes entières à feu et à sang. Personne ne lui a donné le droit de massacrer un innocent, un frère aimé, sa femme et ses jeunes enfants, sous le prétexte que les bourgeois de Berwick avaient eu la stupidité de résister au siège plus longtemps qu'ils ne l'auraient dû. Quand j'ai appris ce qui s'était passé, j'ai décidé que le roi mourrait. Pas discrètement, mais à la vue de tous. A la vue de l'Église et du Parlement royal, et sous l'œil de Dieu, s'il existe. Édouard se serait écroulé, mort, et mon frère aurait été vengé.

Luce effleura distraitement la grille, le regard perdu au loin, un petit sourire aux lèvres. Corbett eut peur. L'homme était complètement fou, mais le dissimulait sous un masque de froideur raisonnable.

— Vous comprenez, Corbett, j'avais oublié que Montfort communierait une seconde fois. Si cet imbécile d'Ettrick ne le lui avait pas rappelé, mon plan aurait réussi et c'est le doyen qui aurait été incriminé ; on y aurait vu la preuve que les Montfort n'avaient pas oublié la persécution dont leur famille avait été victime de la part du roi Édouard. Mais, poursuivit-il en haussant les épaules comme si tout cela n'avait guère d'importance, Montfort a bu une seconde fois et mon projet a échoué. Ensuite, j'ai entrevu d'autres possibilités : puisqu'il était possible de convaincre les gens que Montfort avait attenté à la vie du roi, pourquoi ne pas leur faire croire que notre souverain avait voulu, lui, se débarrasser du doyen pendant la messe ? Le scandale, le sacrilège, la profanation porteraient atteinte à la dignité d'Édouard, pas seulement en Angleterre, mais aux yeux de toute la chrétienté.

Corbett observait intensément le trésorier dont le regard disait assez la folie.

— Vous avez vu juste, concéda le chanoine d'une voix douce. Tout n'était que confusion après que Montfort se fut écroulé. Je n'ai eu qu'à m'approcher de l'autel, comme pour ranger certains objets, et à prendre le calice. J'ai soulevé ma chasuble, jeté le peu de vin qui restait contre mon aube et nettoyé ensuite le calice avant de le remplir. Personne n'a rien remarqué. J'avais des explications toutes prêtes, sinon. J'ai cru que cela réussirait jusqu'au moment où vous nous avez fait subir vos interrogatoires serrés, et même alors, je pensais n'avoir rien à craindre. Après tout, personne n'aimait Montfort. Sa maîtresse assistait à la messe, Blaskett et Eveden le redoutaient, Plumpton l'enviait et ce cher Ettrick, l'Écossais, était celui, bien sûr, qui lui avait rappelé l'obligation de communier une seconde fois !

Luce regarda Corbett bien en face :

— Et vous, avec votre façon de fouiner partout et de laisser vos questions en suspens... Vous savez que vous devriez être mort, à l'heure qu'il est, poursuivit Luce sur le ton de la conversation. Je me doutais que Plumpton avait compris. La nervosité de ce gros benêt, hier soir, m'a convaincu que la comédie que vous lui aviez fait jouer avait éveillé sa cervelle endormie et sa mémoire capricieuse. Je l'ai donc tué !

Il sourit et sa main glissa jusqu'à sa hanche :

— Et maintenant, Corbett, votre pénitence !

Le clerc regretterait toujours de n'avoir pas surveillé plus attentivement ce chanoine hanté par la folie et la soif de vengeance. Ce fut seulement lorsqu'il entendit le mot « pénitence » qu'il réagit, mais c'était trop tard. Luce, un rictus sur ses lèvres tordues, lui enfonça dans l'épaule, par un trou de la grille, un long poignard fin comme un stylet. Corbett s'écroula en hurlant sous la douleur fulgurante et porta la main à sa blessure d'où jaillissait le sang. Pendant ce temps, Luce quittait précipitamment le confessionnal et remontait la nef. Corbett entendit des voix, les cris de Ranulf, le cliquetis des épées qu'on dégaine et le sifflement d'un carreau d'arbalète. Puis, les ténèbres miséricordieuses ensevelirent sa souffrance.

Il se réveilla quelques jours après dans une chambre aux murs chaulés de l'hôpital St Barthélémy, couché sur un lit de camp bas, au matelas plutôt confortable. Il regarda autour de lui et aperçut un crucifix noir accroché au mur, un banc, deux tabourets et une petite table. Il comprit qu'il était à St Barthélémy : le père Thomas, le dos tourné, préparait une potion sur la table. Corbett l'appela et bougea légèrement.

Le moine se retourna, le visage rayonnant de joie :

— Alors, Hugh, vous avez décidé de revenir parmi nous !

Corbett essaya de se lever, mais une vive douleur le transperça à partir de l'épaule, tout au long du flanc, et le força à se recoucher. Son visage et son corps étaient baignés de sueur.

— Ne vous agitez pas, Hugh, conseilla le père Thomas, sa voix douce se teintant d'une nuance autoritaire.

Il lava le visage du clerc avec un linge humecté d'eau tiède et parfumée aux herbes médicinales, puis lui apporta un petit gobelet et le força à boire le mélange sombre et amer, en lui soutenant la nuque.

— Cela va vous faire dormir ! assura-t-il.

Corbett se recoucha et fixa le plafond.

— Depuis combien de temps suis-je ici ? demanda-t-il.

— Huit jours.

— Que s'est-il passé ?

Le père Thomas lui tapota la tête comme à un enfant.

— Restez là !

Il alla jusqu'au seuil et appela dans le couloir. Ranulf entra en se tordant les mains, les traits marqués par l'angoisse et la compassion. Maeve le suivait. Corbett en crut à peine ses yeux ! N'eût été la douleur, il aurait sauté à bas du lit. Elle s'avança calmement dans la pièce, prit un tabouret et s'assit près de lui. Puis, lui saisissant la main, elle la caressa avec tendresse et la couvrit de baisers, sans le quitter du regard. Corbett était subjugué par la beauté de la jeune femme dont les cheveux brillants, couleur de blé mûr, dépassaient de la coiffe bleu foncé. Elle était plus pâle que d'habitude, d'une blancheur d'albâtre, presque, et ses grands yeux s'étaient assombris, soulignés par les cernes profonds nés de nuits sans sommeil.

— Maeve, quand êtes-vous arrivée ? s'inquiéta-t-il d'une voix rauque. Je vous croyais au pays de Galles. Les chemins... ? Comment êtes-vous venue jusqu'ici ?

Maeve sourit :

— Nous n'avons pas voyagé par la route, mais par mer.

Corbett lui serra étroitement la main jusqu'à la faire grimacer de douleur.

— C'est si bon de vous revoir !

La mine anxieuse de Ranulf, debout derrière elle, avait vite cédé la place à une moue profondément vexée : personne ne faisait attention à lui !

— Ranulf, qu'est-il arrivé à St Paul ?

Le serviteur haussa les épaules :

— Je vous ai entendu hurler et j'ai vu le prêtre quitter le confessionnal, le poignard encore à la main. J'avais apporté une arbalète et, même dans la pénombre, il faisait une bonne cible.

— Tu l'as tué ?

Ranulf haussa les épaules et sourit :

— Bien sûr ! Le carreau l'a atteint à la nuque. Il est mort rapidement devant le maître-autel, près de l'ermite.

Ranulf alla s'asseoir sur un banc au fond de la pièce.

— Il vous a maudit avant de mourir, tandis que le reclus, derrière son mur, criait que la justice divine avait frappé ce temple et que le damné allait être précipité en enfer, et ainsi de suite.

— Et le roi ?

Ranulf eut un geste évasif :

— Vous avez toute sa gratitude. J'ai raconté à Hervey tout ce qui était arrivé. Il a rédigé un compte rendu qu'il a remis au roi.

Corbett poussa un gémissement. Il ne voulait surtout pas que l'on parle et écrive à sa place.

— Notre souverain a-t-il paru satisfait ?

— Oui, très satisfait ! Comme je vous l'ai dit, il vous est profondément reconnaissant.

Ranulf jugea que ce n'était pas le moment de mentionner la lourde bourse pleine d'espèces sonnantes que le roi lui avait lancée.

— Veut-il me voir ?

Ranulf répondit par la négative.

— Il a dit que vous deviez vous reposer. Il est en marche vers la Flandre, à la tête de l'armée. Mais il a déclaré qu'il vous verrait à son retour.

Corbett opina et récita mentalement son verset favori tiré des psaumes : « Ne mettez pas votre confiance dans les Princes ! » Le monarque était aussi capricieux que le soleil d'hiver. Il repensa à St Paul, revit le regard flamboyant que posait sur lui

Luce par la grille du confessionnal et il maudit sa propre stupidité et folie. Il aurait dû se montrer plus prudent. Mais Maeve était là, la seule femme, la seule personne qu'il avait vraiment aimée.

— Combien de temps resterez-vous ici?

— Des mois, répondit-elle. Assez longtemps pour que vous vous rétablissiez et m'épousiez!

Corbett en aurait crié de joie. Il eut l'impression que l'hiver s'achevait, que le printemps était enfin arrivé et que, grâce à Maeve, la vie méritait d'être vécue.

NOTE DE L'AUTEUR

Ce roman repose sur des faits réels. Le roi
Édouard Ier mit effectivement à sac la ville de Berwick et réduisit en cendres la Maison Rouge des Flamands parce que ces derniers refusaient de se
rendre. Il convoqua bien une grande assemblée du
royaume à St Paul, au cours de laquelle Walter de
Montfort devait vivement attaquer le droit de la
Couronne à imposer l'Église. La mort du doyen
advint comme il est décrit dans le roman, de façon
violente et soudaine. On se demanda alors si Dieu
punissait Édouard d'Angleterre ou s'il prenait son
parti. L'Église, finalement, parvint à un compromis
avec le monarque, comme le firent, également, les
grands barons. Le roi mena une campagne victo-
rieuse en Flandre, mais, en Écosse, le pillage de Berwick fut le point de non-retour : les Écossais refu-
sèrent de se soumettre.

Achevé d'imprimer par Elsnerdruck
à Berlin
en mai 1997

N° d'édition : 2785
Dépôt légal : juin 1997
Imprimé en Allemagne